名家極短篇

悅讀與引導

張春榮
顏藹珠 主編

自序

極短篇選本，猶如文類專櫃、勝景導覽，極具觀摩、示範功能。藉由精要選本，初學者得以游目騁懷，探驪得珠，深識極短篇三昧。諸如隱地所編《爾雅極短篇》（一九九一，爾雅）、隱地、劉以鬯主編所編《世界華文微型小說名家名作叢編——台港澳地區卷》（一九九六，上海文藝）、王蒙、賈平凹主編所編《中國當代微型小說選》（一九九九，中國文藝）、微型小說選刊編輯部《中國當代微型小說精華》（二〇〇三，人民文學）等，其中佳篇，奕奕爭輝，無不展現「盡覽於此」的櫥窗魅力。

唯迄今極短篇選本，多重珠玉呈現，較少賞析剖析。兼及賞析者，分別有齊德芳主編《愛的人生：德國小小說選粹》（一九八五，宇宙光）、周粲編《微型小說萬花筒》（一九九四，新加坡作家協會）、秀實、東瑞編《香港作家小小說選》（一九九五，獲益）、韓英《韓英微型小說選評》（一九九七，上海文藝）。反觀聯經所出十冊極短篇、希代所出《當代極短篇十傑》（一九九一）、《心情小小說》（一九九二）等，均無賞析單元。然極短篇閱讀，往往驚鴻一瞥，倏忽翩逝；又如暗夜流螢，綠光飛舞，令人目迷。當此之際，置身於極短篇「瞬間爆破」的原野，能有解說員加以指點、說明，相信更能欣賞極短篇如煙火般在夜空中綻放的繽紛之美。

職是之故，筆者共襄盛舉，充當極短篇義工、小小說導遊，拋磚引玉，於眾多選本之外，針對入門初學者，重新篩選，另起爐灶，提供另一道有滋有味的微型盛宴。盼能讓莘莘學子去除極短篇是「極短淺」、「極短命」、「極無聊」的刻板印象，涵泳商量，正視極短篇是「極精深」、「極精彩」、「極有味」的特殊文類，釋放創造性能量的喜悅出口。

本書編選，以「特殊」（出人意表）、「普遍」（入人意中）、「深刻」（言外之意）三者的高明組合為標準。就出人意表而言，不尚「言語跳脫」的意外，不取搞笑耍寶之作；特重「情節設計」的雙重意外，「敘述視角」的特殊意外，捕捉無常人生的超常趣味。就入人意中而言，不以「反轉」、「陡轉」的震撼為限，兼及「曲轉」、「偏斜」的人生插曲，包括「遞升」、「擴大」的豁然了悟，掌握三種（難以置信的震撼、可以接受的變化、靈光乍顯的突破）不同的向度。就言外之意而言，凝視「意義深度」的揭示，聆聽「複調敘述」的弦外之音，領略「藝術經營」的婉曲含蓄，讓瞬間閱讀成為「味美汁又多」之心靈感官的豐富之旅。

書中第一輯，為台灣極短篇，計五十二篇（二十六人，一人兩篇），依作者出生年代排列，由筆者負責。第二輯，為西洋極短篇，計九篇（去除無法授權者），由藹珠負責。希望這樣的比例，立足本土，接軌國際，讓莘莘學子優遊其中，對極短篇能有更寬闊更持平的觀照。

張春榮

謹識於北教大語創系

二〇〇四年六月

極短篇的天空

1 不斷調整的文類

自「極短篇」正式定名（民國六十七年二月二十五日《聯合報》副刊）迄今，風起雲湧①。在這不斷調整的文類中，創作者發揮尺幅千里的運思，以小寫大，藉有限寓無限；極態盡妍，各顯精彩，企圖打破「極短淺」、「極短命」的輕薄蜉蝣之譏，成為頗富挑戰而生機盎然的寫作新天地。

以同一題材為例，同時競寫，前後較勁，不斷翻案顛覆，不斷「新發現」、「多發現」、「再發現」（余秋雨《藝術創作工程》，頁八三，一九九〇，允晨），揭示出「人之所未言」、「人之所罕言」、「人之所難言」的意蘊，成為極短篇創作的難題與魅力所在。如以蒼蠅為題材，有袁瓊瓊〈蒼蠅〉的死亡陰影，也有羅英〈蒼蠅〉借喻人的微不足道，亦有方瑜〈蠅屍〉類比中的駭然驚悟，更有陳幸蕙〈蒼蠅王〉無奈中的酸楚嘲諷。以鏡為題，郭良蕙的〈鏡〉是夫妻爭執的借鏡，趙曉君〈鏡〉是透過鏡子推衍出

「一切都是借來」的開悟，張啟疆〈鏡〉則是心境迷失的矍然凝視。以狗為題材，雷驤〈尊榮與寂滅〉寫靈犬的高貴品質，張伯權〈狗的智慧〉以寓言述說狗的機智，筆者〈跟〉描繪狗無法控制性欲的悲哀。凡此種種②，前浪後浪交湧，心輝互映；是千字篇幅的競寫，是水平思考的契機，亦屬啟迪創作的極佳觀摩。

2 「極短」的傳統

在以文言為書寫媒介的古典文學脈絡中，很容易找到「極短」傳統，島嶼般散布在源遠流長的大海③。只是這樣的比附，往往自「極短」的形式上著眼，未自「極短篇」的內涵多加考量，無法對現今創作提供助益。職是之故，以下試從古今會通的角度加以勾勒，意圖對創作者能有更進一步的體認。

事實上，就古典傳統觀之，寓言、禪宗公案、志怪小說三類，頗值得加以開展、深化，豐富極短篇的世界。以寓言為例，「莊子」佚文（並見〈列子．黃帝〉）：

> 海上之人有好鷗鳥者，每旦之海上，從鷗鳥游，鷗鳥之至者，百數而不止。其父曰：「吾聞鷗鳥從汝遊，試取來，吾欲玩之。」曰：「諾。」明日之海上，鷗鳥舞而不下。

指出「無心」與「有意」之別，川端康成極短篇〈始自眉毛〉一文，即與之異曲同工。又《宋書．袁粲傳》有關「狂泉」寓言：

昔有一國，國中一水，號曰狂泉。國人飲此水，無不狂，惟國君穿井而汲，獨得無恙。國人既並狂，反謂國主之不狂為狂，於是聚謀，共執國主，療其狂疾，火艾針藥，莫不畢具。國主不任其苦，於是到泉所酌水飲之，飲畢便狂。君臣大小，其狂若一，眾乃歡然。

則為筆者〈狂〉的寫作源起。以禪宗公案為例，師兄弟行至淺灘，見美麗少女躑躅不前，師兄毅然背少女而過；師弟尾隨在後，心感不悅；至晚上忍不住批評師兄近女色，師兄笑答：「我早把她放下，不知你現在心中還背她。」非馬〈二僧人〉即許之為雋永極短篇④。以志怪小說為例，六朝〈列異傳．談生〉與喻麗清〈黃絲帶〉，雖為中西不同文化背景，但同時撞擊人性的盲昧。又《水滸傳》中楔子〈洪太尉誤走妖魔〉一節，與日本星新一〈誌異．壺〉可說立意相似。此外，《聊齋誌異》中所展示的極短篇情境，亦不容忽視⑤。

3 極短篇的特色

面對極短篇，各家逐漸形成共識⑥。亦即極短篇除了注重「意外」，更應注重「意境」；除了講究「情節」之驚愕懸疑，更應講究「情境」之幽邈綿長。換言之，好的極短篇，不但要求「出人意外」，更要求「入人意中」；進而能呈現「意境」的深度，呈現「情境」的雋永。否則，一味追求「出人意外」，極短篇將落入刻意設計的陷阱，賣弄懸疑，形成老套的淺薄趣味，最為讀者詬病。

大抵現今極短篇開展的路線有三：第一、意之不測，第二、情之幽微，第三、理之深刻。

就意之不測加以觀察，較耐人尋味的為「敘述觀點」之意外。如張靄珠〈白色教堂〉，敘述者為精神病患。其次，如李勇吉〈似曾相識燕歸來〉、苦苓〈小說主角與作者的對話〉，敘述者為小說人物（即小說人物本身亦有生命，可為自己講話，這樣的淵源可推至錢鍾書〈靈感〉）。復次，如鍾玲〈生死牆〉、張春榮〈沉〉，敘述者（或小說人物）為幽魂。至於純屬動物的擬人意外，則較不足取。

就情之幽微加以觀察，常結合意之不測，形成無理而妙的情感真實。如李捷金〈小白豬〉、陳克華〈目擊者〉、林文煌〈訪問〉、吳文瓊〈服妻記〉、誠然谷〈花〉、張瀛太

〈菩薩的貢品〉等。其次，充分運用意象，藉以婉曲、深化，則有渡也〈永遠的蝴蝶〉、羅英〈菊〉、鍾玲〈蓮花水色〉等。

就理之深刻加以觀察，顧肇森〈最驚天動地的愛情〉是反諷的嘲弄，深指「易能而可貴」的真諦。鄒敦怜〈一種遊戲〉是示現的省思，掀揭生命由情入理的正軌。蔡澔淇〈蛻變〉是層遞的變化，透顯成長中不同階段的訊息。

綜上以論，可見好的極短篇力求陌生化與合理化。除了有「意之不測」的落差外，還要有「情之幽微」的搭配，調製出更香醇的口味；或者再配上「理之深入」，激盪出回甘的酸澀滋味。由此觀之，好的極短篇，應是一杯精心調配的綜合果汁，有驚悸、有淚水、更有一抹慈悲的笑痕。

註釋

①爾雅出版社計有個人結集（愛亞、鍾玲、雷驤、袁瓊瓊、羅英、喻麗清、陳克華、邵僩、陳幸蕙、隱地、衣若芬、鄒敦怜、思理、張至璋、亮軒）十五冊，隱地編《爾雅極短篇》。聯經出版社有合集《極短篇》①②③④⑤⑥⑦⑧⑨⑩計十冊，聯合文學出版社有張啟疆《如花初綻的容顏》、《小說、小說家和他的太太》、楊照《紅顏》、平路《紅塵五注》。希代出版社有《黃秋芳極短篇》、楊明《在陽光下道別》，希代編輯群策劃《當代極短篇十傑》。皇冠出版社有《苦苓極短篇》四冊、《吳淡如極短篇》六

冊。中華日報《華副小小說》等。

②以「胖」為題，有楊照、鄒敦怜。以「獵物」為題，有喻麗清、苦苓。以「車禍」為題，有邵僴、苦苓。以「青春」為題，有愛亞、平路。以「鴿」為題，有思理、履疆。以「目擊者」為題，有隱地、陳克華。

③黃慶萱〈中國古典文學中的極短篇〉，見其《與君細論文》（一九九九，東大）。

④可參林清玄〈一朵花，或一座花園〉（《寶瓶菩提》，一九八九，九歌）。

⑤羅青〈論「聊齋」中的極短篇〉，收入《七葉樹》（一九八九，五四）。

⑥參瘂弦等著《極短篇美學》（一九九二，爾雅）。

——一九九四年九月《聯合文學》

目錄

自序
極短篇的天空

輯一 台灣極短篇

王鼎鈞
失鳥記／004
最高之處／006

邵僩
相對／009
番薯伯／013

隱地
AB愛情／018
歡唱／021

雷驤
迷局／026
小書／029

張至璋
那個陰沉的早上／035
返　家／039

亮　軒
陳情表／045
繩與結／048

愛　亞
打電話／054
臭豆腐老闆與褲子／057

喻麗清
獵　人／061
粉紅豆腐／065

鍾　玲
攤／070
蓮花水色／073

溫小平
婚　約／079
安　排／083

渡　也
反　光／088
阿仁的晚餐／090

路　平（平路）
愛情屋／093
青　春／097

陳幸蕙
墮落的格局／103
蒼蠅王／106

陳　黎
青　春／110
新龜兔賽跑／113

張春榮
跟／118
鞋／121

苦　苓
錄音帶媽媽／125
有媽媽在的時候／128

顏藹珠
一隻蚊子／132
一個小貴族的心聲／134

張啟疆
狗／137
舉頭三尺有神明／141

陳克華
快樂是什麼？／146
菜　單／151

黃秋芳
紅旗子／156
白色舞臺／160

楊　照

胖／165

玫　瑰／170

楊　明

毛　衣／177

站在高處的人／181

衣若芬

口香糖／186

黑雨傘／189

黃雅歆

一通電話／193

頌　獎／197

鄒敦怜

同學會／203

胖／206

吳鈞堯

洗　髮／211

作文簿／215

輯二　西洋極短篇

馬克吐溫
人生的五種恩賜／226
凱特・蕭蘋
一小時的故事／232
王爾德
自私的巨人／238
歐・亨利
太陽下面無新事／246
沙　奇
石　像／252
傑克・倫敦
豹人的故事／257
喬伊斯
車賽以後／265
曼斯菲爾
夜深時刻／276
魯卡斯基
啞吧歌手／282
推薦書目／289

台灣極短篇

作者

王鼎鈞

簡介

一九二五年生，曾任《中國時報》主筆、《人間副刊》主編、中國廣播公司編審組長、節目製作組長，中國電視公司編審組長、正中書局編審，及台北三大文藝基金會評審委員。先後在中國文化學院、國立藝術專科學校、世界新聞專科學校講授新聞報導寫作及廣播電視節目寫作，亦為各種文藝營、寫作研習會上深受歡迎之講座。曾獲行政院新聞局圖書著作金鼎獎、中國時報文學獎散文推薦獎、吳魯芹散文獎等多項肯定。現旅居美國，專事寫作。以散文為宗，有《碎琉璃》、《靈感》、《左心房漩渦》、《千手捕蝶》、《風雨陰晴》、《葡萄熟了》、《黑暗聖經》、《文字江湖》、《桃花流水沓然去》等四十餘冊。

失鳥記

有人養了一隻鳥，那是他最心愛的東西，每天侍候牠、欣賞牠，連作夢也夢見牠。

可是，有一天，鳥不見了，他忘記把籠子的門關好，鳥飛走了。他實在心痛，很想把那隻鳥再找回來，看見鳥就注意觀察，聽見鳥叫就把耳朵轉過去，可是那些鳥都不是他的鳥。

有時候，他看見成群的鳥，他希望那隻鳥就在裡面，其實，就是在裡面，他也認不出來。

不知道到底那隻鳥是他的鳥？他只有愛所有的鳥。從此，他變成了一個愛鳥者，一個保護野鳥的人。

——選自《靈感》（一九八九，爾雅）

賞析

〈失鳥記〉一文，凝視「失」與「得」的互動關係。全篇藉由「患得患失」的執著，終於「心量開闊」的通透，深契「有捨」「有得」的人生奧秘。

似此智慧之光，遠自「楚人失弓」、「天下人得弓」、「以鳥養、養鳥」（《莊子・達生》），近至「將它（所有大信給過她的痛苦）還天，還地，還諸神佛」（蕭麗紅《千江有水千江月》）；悠悠千載，旨在打開「擁有」的囿限，超越「一己」的觀點，拈出「享有」的朗暢情調，直指「大我」的寬廣境界。

當然，一念通透的領悟，不應只是「知解型」的說說而已，而應為「實踐型」的化為行動，篇末「從此，他變成了一個愛鳥者，一個保護野鳥的人」，正點出這層精義所在。

有興趣者，可將王鼎鈞〈失鳥記〉與苦苓〈養鳥〉（《小小江山》）兩篇合觀，比較遞升（擴大）與反轉（陡轉）的兩種手法。

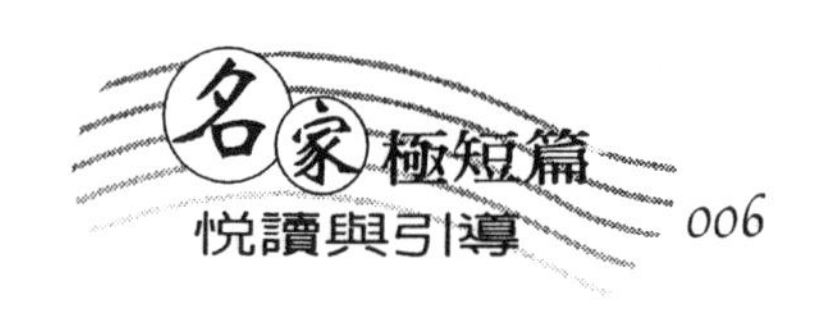

最高之處

大師挾著琴往山上走，眾弟子尾隨，沿著山徑迤邐展開。有幾個弟子坐在山麓上議論老師究竟要做什麼，他們說，進山出山只有這一條路，最聰明的辦法是坐在這裡等他回來。

大師登上一座山頭，再登上一座更高的山頭，每一座山頭都有幾個弟子留下，有人覺得體力不能支持，有人對孤高的處境感到恐懼。最後，大師轉身四顧，只剩下他獨自一人。

他對四面若有若無的世界看了一眼，盤腿坐下，古琴橫放在膝上，調了絃。片刻間，偉大的樂章在心中形成，緊接著，在指下絃上流露出來。山風浩浩，樂聲剛剛離絃還沒有進入耳朵，在半路就被山風包裹、飛快的運走，向著萬有抖出去，山上的人誰也沒聽見，他自己也聽不見。那是一次無聲的演奏。

可是風聽見了，流泉聽見了，岩石的每一個微粒、星的每一條光芒、雲層的每一個水珠都聽見了。還有森林的每一條紋理、野蠶的每一根絲、山禽的每一根聲帶都保存了天籟，將來的音樂家再從大自然無盡的蘊藏裡支領使用。

據說，沒有人看見大師下山。

——選自《千手捕蝶》（一九九九，爾雅）

賞析

「寓言體」極短篇，一向以生動的故事，深刻的寓意取勝。

本篇寓意有二：第一、「最高之處」的創作經驗，充滿神祕性，既孤絕又幽獨，必須隻身前往，獨自面對層層挑戰，展開驚心動魄的藝術冒險，根本無法假手他人。第二、「最高之處」的藝術境界，充滿自然生發的原創性，不尚花巧裝飾，不需要觀眾掌聲，純任妙有，展現大音希聲的豐美。這樣的美感經驗，亦即「心凝形釋，與萬化冥合」的化境寫照。

由此觀之，最偉大的藝術大師，自古至今，有一個共通的名字，叫「大自然」。他的身影，永遠是「只在此山中，雲深不知處」，永遠在「行至水窮處，坐看雲起時」，幽獨神祕，充滿天地不言之大美，讓人心領神會。

作者 邵僴

簡介

一九三四年生，新竹師範專科學校畢業。曾任教師、香港國泰電影公司特約編劇、國立編譯館編審委員。曾獲香港亞洲出版社小說獎、全國青年小說獎首獎、第三屆國軍新文藝中篇小說金像獎。現已退休專事寫作。著有《邵僴極短篇》、《不要怕明天》等小說、散文、兒童文學，計四十餘冊。

相對

矮矮胖胖的陶壺，小小樸樸的陶杯。

先是有清新的茶香，而後來什麼味道都消失了；中年婦人坐在茶藝坊的竹簾後面像一隻貓，她窺伺外面那個穿絨布洋裝的女孩已經很久；女孩一個下午曾經和三個人談過話，一個神經兮兮瘦削的年輕人，他的近視鏡片厚得白花花的。一個胖子，老拿出手帕來擦汗。一個穿名牌西裝斑白頭髮的紳士，喝茶的時候曾經被嗆到。

空檔的時候，女孩無聊的抽煙，用煙編一些夢。

女孩擦口紅，好像要把時間殺死。

女孩空洞的看牆上的字畫，打呵欠。

畫幅裡有山水，煙雨縹緲，江上有一艘孤舟，直行的字卻是龍飛鳳舞的草書，中年婦人看不懂。

中年婦人不習慣茶藝坊的書香陳設，她覺得那個時代已經死了；何必再喚回來呢？外面馬路上奔馳不停的是汽車，不是轎夫和蹄聲。

女孩倦了，伏在仿古的木桌上。

中年婦人掀起簾子，走出去坐到女孩對面的椅子上。有好久時間沒見到她了。她一直是個叛逆性很強的孩子，中年婦人用手輕輕撫摸女孩的髮。

女孩受驚的拂開她的手。

「妳又找到我了！」女孩揉揉自己的眼：「我不是犯人。」

「我耽心。」

「一切都很好。」女孩掩飾的說。

「我坐在這裡一下午。」中年婦人指指竹簾後面。

「什麼都看見了？」她發窘的推開陶杯。「我陪他們喝茶、談天。」

「那個胖子摸妳的腿，那個白頭髮可以做妳父親。」

「不。」女孩放肆的笑了：「他可以做我的爺爺。」

「這樣做不覺得羞恥？」

「我是在工作。」

「這是什麼工作！」中年婦人忿怒的說。

「我絕對沒有辦法像姐姐那樣好；聰明、會讀書、會工作，而且能嫁一個好丈夫。

我沒有那樣大的能力，請妳不要再逼我。」

中年婦人看著壁上的字畫，幽幽的嘆了一口氣。

丈夫死了，她指望女兒好好讀書，嫁人，使自己的心願了卻；然而小女兒的作為卻令她的期待破滅。

她反對她的管束，她要像飛鳥那樣活著。

「我們又要吵？」女孩漠不在意的問。

矮矮胖胖的陶壺，小小樸樸的陶杯橫在她們之間。

許多年來，也有什麼橫在她們之間。

天真無邪、純潔的小公主那裡去了？

她站起來，感到歲月的重荷在體內作祟：「好好保重！」

女孩為母親的恢復平靜感到意外：「媽！」

「等妳想回家的時候就回家。」她說，眼內含著淚水。

——選自《邵僩極短篇》（一九八九，爾雅）

賞析

母女「相對」，點出母女觀念的相對，更點出「相互隸屬，而各自運轉」的世代差異。

「陶壺」、「陶杯」，自然指涉母女間的關係，「陶」與「逃」音義雙關。因此，「矮矮胖胖的陶壺，小小樸樸的陶杯橫在她們之間」的特寫畫面，產生客觀投影的內蘊，一切的爭執，無非是茶壺裡的風暴，演變成至今的疏離。

母女間「對立」的劍拔弩張，最後在母親的「放開」，在一句「好好保重」的關照下，得以鬆綁，得以打開「相對而統一」的契機。

畢竟，搭橋才能跨越鴻溝；築牆只能製造隔閡，讓彼此形同陌路。若能即早溝通，及時化解，原本就只有「女兒的問題」，沒有所謂的「問題女兒」。

番薯伯

聽番薯伯的談話是源遠流長的，如果在夏日的榕蔭下一直聽下去，那昏昏欲睡的滋味卻非常難熬。

而那天我去山下雜貨店採購的時候，他正枯坐在店門外的長條凳上，十分機靈的要狩獵一個可以談天的獵物。我知道自己是無法避開了，更何況番薯伯在少年時候，是常常帶著狗群去搜索野兔的高手。

「嗨。」我說：「番薯伯，山頂又有雲了，不知道會不會下雨？」

「難說。」他抬頭看看天：「最好不要下。」

「沒雨，池塘就活不了，你怎麼釣魚？」

「我早把魚竿燒了。」

「跟老婆吵架？」

他搖搖頭：「溪裡的魚死得光光的。」

「多久的事？」

「那個大養豬戶來了以後，豬仔養得越來越多，排出來的豬糞尿拖得像送葬隊伍。」

「你們可以抗議呀！」

「還不是狗吠火車。」番薯伯一臉的嘲笑：「有些官人故意的裝聾作啞，多一事不如少一事。」

「直接找養豬戶談也行。」

「那麼簡單！」番薯伯好像在剝雞鴨毛的說：「我們派出去的代表，吃了養豬戶的幾頓酒，又到城市裡去馬殺雞什麼的，一回來，每個人的嘴巴上都貼了膠布。」

番薯伯的一席話真說得我覺悟。

難怪山林裡的人，都說番薯伯是個難纏的怪人。

我知道番薯伯勤於研究電視，只是他的愛好不是一般鄉人的軟綿綿節目。他很關心自己生存的土地，也很關心國家大事；在他心中常會升起一面道德的旗幟。

「我說的是實話，沒有半點虛假。」番薯伯拉住我的手臂往山徑走：「我帶你去看看那條溪的模樣。」

有一些茅草擋住去路，番薯伯順手用鐮刀揮去。

「這條路現在也沒人走了。」番薯伯感慨的說。

也許這條路印著番薯伯長年累月的足跡、記憶。而新的變遷，卻把懷念的舊日埋葬。

接近山溪以前，就有一股刺鼻的異味隨風飄來，原本青翠的山林也彷彿蒙上一層被蹂躪的陰影，幾隻麻雀飛得遠遠的。

溪水是污污的、混濁的。沉澱的豬糞尿發出朽腐的、嘔人的惡臭。

連近水的野草都憔悴的染了一身病態。

番薯伯揮了揮手中的刀：「有一次我做夢，夢見我把那個養豬戶閹掉。」

我說不出安慰的話，更沒有想睡覺；山溪的確死了。

有很久的一段時間，我沒有去山上。

再去的時候，山上沸沸騰騰，因為一場無名火，突然把豬全燒了，所有的豬仔都往外衝，有的來不及逃的，便成了烤肉，據說肉香瀰漫在山中幾乎整整一星期。

我向番薯伯探詢這件事的始末。

番薯伯卻淡淡的說：「豬遲早是要給人吃的。」

——選自《邵僩極短篇》（一九八九，爾雅）

賞析

番薯伯生於山林，長於山林，是生態環保的長青志工，不向經濟利益樹白旗。因此，在看重現實利益人的眼光中，他成為不折不扣「難纏的怪人」。

然而這樣的怪人，有所堅持，有所憤世，有所嘲諷，亦有所看透。於是，從一開始充滿諷刺的比喻，至最後雲淡風輕的面對豬寮火災；番薯伯已從嫉俗怪人，一躍成為「智慧長者」的形象。

結尾，番薯伯對養豬戶的付之一炬，災情慘重，並非幸災樂禍，大呼過癮；而是跳出報復的快意，活絡對立的思維。篇末藉由「豬遲早是要給人吃」的豁然，改變視角，擴大視野，點出「生物」食物鏈的必然，正是「悟性」的揭示，人情的練達，發人深省。

作者

隱地

簡介

原名柯青華，一九三七年生，浙江永嘉人，曾任書評書目雜誌社總編輯，現為爾雅出版社發行人。著有《幻想的男子》、《愛喝咖啡的人》、《漲潮日》、《詩歌舖》、《2002／隱地》、《自從有了書以後》、《隱地極短篇》、《風中陀螺》、《我的眼睛》、《回頭》、《風靈舞山》、《一日神》等四十餘冊。

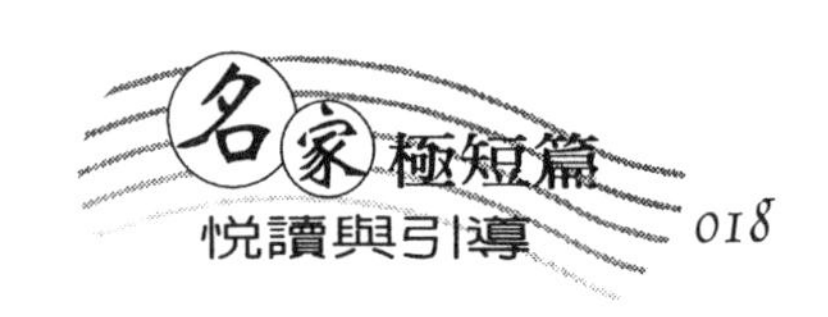

AB愛情

時間是個魔術師。經過了三十年的歲月，一切往事真假難分。今早，我的辦公室裡就發生這樣一件奇事：

A和B都是我的同學。A是女同學，B是男同學，B和我住校時同住一室，我們是上下鋪，平時焦不離孟，孟不離焦。後來B和A戀愛，我不免幫他們傳傳信，偶爾也做做他們的和事佬。然而，中學時代，感情不成熟吧，畢業後各分東西，每個人都走著自己的路，他們也都各自成家，相同的是都移民到了美國，A在東部做牙醫，B在西部，他是一位婦產科醫師。

昨天下午A突然說要來看我，原來她人在臺北，她在同學家臨時得到我的電話，她告訴我，她搭明晨的飛機返美。她在我辦公室坐了半個小時，三十年的歲月，一時不知從何說起，又彷彿什麼也說不完，臨走，她放下了一罐茶葉，還問我和B可有通信，我搖搖頭。

奇怪的事發生了。今天下午畢業後幾乎和我失去連絡的B，突然也來了電話，他說回國開會，好不容易在朋友家弄到我的電話，我說：「你這個電話還是來遲了，如果你昨天撥這通電話，我會告訴你，A在我辦公室，她正在和我喝茶聊天，你當然會飛奔而來，看看三十年不見的A。」B說：「真的嗎，真的嗎？」他趕到我辦公室，還沒喘口氣，就急著問我：「A可不可能臨時改班機，說不定還在臺北？」我要他撥幾個知道A行蹤的同學的電話，他得到的確實消息是，A已於今早十時三十分坐華航飛回美國了。

B悵然若失，重新向我要了A在美國的電話和地址，匆匆忙忙就走了，我把A送給我的茶葉送了給他，我說：「你們兩個不約而同都帶了一罐茶葉給我，你的我收下，她的一罐你帶回美國喝，至少，你沒握到她的手，這罐茶葉還留有她的手溫，你提著回去，也算是一種隨緣。」

他聽了之後，連忙把茶葉罐抱在懷裡，臉上也露出了笑容，帶點滿意的和我說再見，留下我，繼續回憶著三十年前的這對舊愛，我一直想著：他們兩個生命，究竟是相差一天，未能相遇比較好呢，還是經過三十年時空交差之後，突然同一天在我辦公室偶遇，那又將成為如何一種結果啊！

——選自《隱地極短篇》（一九九〇，爾雅）

賞析

〈AB愛情〉是一男一女的獨特事件，也是 a beautiful love 的普遍顯影。其中「時間」扮演慧黠的魔術師，作者扮演在場的目擊證人，見證「偶然」是人生中最偉大的小說家。

猶如電影《雙面情人》，女主角搭上火車，是一種結局；搭不上火車，又是另一種結局。A碰上B，有可能舊愛復燃，也有可能是再度失落；A沒碰上B，或許從此杳如黃鶴，或許湧動更惆悵的追憶。

「時空錯位」是人生的酵素，讓人笑中有淚，淚中有迷惘，終至沉默以對。

歡唱

接連幾天，他都是一天快樂，一天悲傷。

人的情緒怎麼這樣起伏不定？

有一天早晨，他正要做鮪魚煎蛋，打開冰箱，發現蛋架上一個蛋也沒有，他正穿著睡衣，雜貨店雖只一街之隔，想到要換衣服，他就懶得下樓。多少也有一些沮喪，自己想吃的鮪魚煎蛋做不成了。

突然靈光一閃。他看到冰箱裡有一顆美國生菜。他想起昨天在吃午餐時，隔桌一對老外，男女兩人點的都是鮪魚沙拉，光潔鮮亮，看起來非常好吃，當時他就想，那一天自己也來試著做，沒想到今天就是機會。他不知道油醋怎麼調，他覺得用檸檬或許是一個辦法，果然不錯，風味絕佳，他吃了一頓快樂的早餐，那一天，他從早到晚心情舒暢，晚上當然也睡了個好覺。

可是第二天一早，剛到辦公室，就接到一通讓他不悅的電話。打電話的人並未先報姓名，只說是他的同學，要他猜自己的姓名，他一向討厭這種遊戲，尤其是一大清早，他說他猜不著，對方於是說：「果然不出我所料，你現在是名人，架子大了，不一樣了，我們這種沒沒無名的老同學，你看不上眼了，所以連請你猜個名字你也不肯猜，沒什麼了不起，不猜就不猜！」咔的一聲，對方把電話掛了，弄得他滿頭霧水，對方從此再也沒打個電話來，他當然猜不出是誰，只是，那一天從接到那個電話起，他就不痛快，下午辦公室發生一連串的事情，件件惹他生氣，回到家裡，連音樂也不想聽，洗了個澡，倒頭就睡，卻就是睡不著。

早晨醒來，讀報，「柏林圍牆垮了，東德難抵民主浪潮，宣布永久開放邊界」，他覺得不可思議，這個世界天天在變，好多事情變得自己不敢相信，卻件件都是真的！

他當然興奮。東柏林和西柏林他都去過，也曾站在柏林圍牆用望遠鏡眺望、照相……那是十四年前的事，圍牆設在二十八年前，他去參觀這座圍牆時，它已經存在了十四年，他當時也絕沒想到，再過十四年，圍牆就垮了，被自由衝垮了！

這一天，他過得快快樂樂。人類每天在改寫歷史，他個人的小悲小痛，是大海裡的一小滴水，算得了什麼，人，只要不自我膨脹，忘掉自己，就會過得很愉快。

可是又過一天，他想保持愉快的心情，霉運卻又降臨。他開了車上路還沒三分鐘，碰到紅燈，他好端端的停著等綠燈，後面竟殺來一輛貨車，把他撞個滿懷，車子的屁股都被撞平了，貨車上下來一個嚼檳榔的大漢，竟然橫眉豎眼問他幹嘛擋著路不讓他開過去？

有一陣子，他連續被幾個好友傷了心，情緒陷入低潮，每天只在家聽CD，那兒也不去，他在日記上這樣寫著：

「人間容或有花香、菜香、咖啡香……可是若對人傷心，這些香，也都變得冷然無味……

安安靜靜的過日子，比什麼都好。」

然而，他畢竟不是魯賓遜，就算臺北是一座孤島，以今天的資訊，傳播媒體之無孔不入，人無法避免情緒受到干擾，打開報紙或電視機，一首歌，一通電話……好消息、壞消息，它自會在你耳邊響起，眼前亮出……有誰能過完全安靜不受外界打擾的日子？

關起門來過自己日子的時代老早已經過去了！不如歡唱吧，這失火的世界，是人類一座新的舞臺，好戲、濫戲通通在上演，喜劇、悲劇任你扮演，有人說，世界末日已經來臨，不管相不相信，先歡唱吧，歡唱有時可以把眼淚暫時遮掩起來……

——選自《隱地極短篇》（一九九〇，爾雅）

賞析

泅泳在情緒的波濤，浮沉飄流，如何能高唱生命的歡樂頌？

篇中點出兩種快樂。一為自得之樂，源於用「檸檬」代替「油醋」的創意「鮪魚沙拉」，是最簡單的開胃早點。一為悟性之樂，通過時空對比、大小對比，藉由層次的提升、擴大，每一個「我」，不再是I的大寫，不再「自我的極大化」，從而照見「個人的小悲小痛，是大海裡的一滴水」，兜出豁然開朗的釋懷。

至於電話猜名之煩、開車無妄之災、好友傷心之痛，穿插其間，如滾滾波濤，攪亂心情，交織出「哀樂相隨」的酸甜苦辣。而這，正是人生的原汁原味，誰都要品嚐一口。

當然，面對凡身火宅，採取離群索居的隱逸，採取「孤島」的形式，最簡便可行。問題是，個人的「意義」，只有在人際網絡中產生。猶如「孤島」必須面對天風海雨，驚雷奔電，才能成就壯麗的風景。

作者

雷 驤

簡 介

一九三九年生，臺北師範學院藝術科畢業。曾任小學老師、電視節目製作人，拍攝紀錄片一百八十部。曾獲行政院新聞局長特別獎、電視金鐘獎、金帶獎、《中國時報》小說推薦獎。目前從事寫作、繪畫、紀錄片的拍攝等工作。著有《雷驤極短篇》、《矢之志》、《悲情布拉姆斯》等小說、散文集二十七種。

迷局

庭院裡有一個游泳池，夏天到來的時候，開始放水。藍色透明，映出蕩漾的水光，逐漸滿起來的時候，幾個孩子率先跳下去了。於是乎，這一團藍色的處所，成為夏天的歡樂。

潑水的聲音；嬉笑的聲音；總是不絕，雖然吵雜，並也渲染著愉悅。

我因為養病的關係，每天只好隔著落地窗看。有時候，精神爽利一些，就坐在廊下。雖然隱蔽在陰影底下，但那歡笑的聲音是更真切了，甚至於跳落池中而濺起的水，彷佛都要濺及我身了。這一些都使人振作，想到那遙遠，卻又很接近的自己健康。

泳池並不算大。最深的地方，不過二公尺，淺的地方，也在一公尺上下，孩子可以放心的玩。

這之間，庭院裡喜愛水的生物，想必也紛紛躍進池裡了。因為我聽到一個孩子說：「你來幹嘛？」一邊合掌將一隻青蛙撈起，拋出池外的草地。但是，不久同一個孩子又發現了牠：「咦？怎麼又下來了呢？這裡沒什麼好的，待會兒水放掉了，你就爬不出去了呀。」

於是孩子又費了些功夫，跟在水面上漂著、逃著的小青蛙，鬧了一會兒，終又把牠逮到，丟上草地。

兩天以後，泳池安靜下來，因為水已經放光，孩子們轉移他們玩樂的目標了。我的眼光照常透過玻璃望去，似乎想挽回那些令人快慰的聲音。當我呆呆的看著游泳池的時候，忽然在淺藍的池壁底部，發現一個像黑點一樣的東西，跳上又落下。那就是那隻青蛙吧，很有毅力的無數次的跳躍著。沿著光潔的池緣，慢慢的一步一步嘗試。但終歸徒然吧，與牠的體積相比較，泳池的壁面幾乎像一座山那樣的高度啦……。

又隔了一天，打掃人從曬得發燙的發亮的池底，揀起一隻乾而僵的看起來透明的小青蛙。

我忽然想：在某些宗教家的眼底，人類的行徑，不免就像那一隻無可藥救的青蛙吧。

——選自《雷驤極短篇》（一九八七，爾雅）

賞析

〈迷局〉是作者在特定心境下湧現的悟性之光，照見人性「生之盲昧」。

本篇值得品味的是，往往當一個人「養病」時，才能沉靜下來，收視反訊，重回清明的靈臺，清醒觀照生命中彰顯的理蘊。以青蛙為例，基於生物本能，但見池水，不見高峙的壁面。因此，一而再，再而三的將牠撈放游泳池的草地，牠仍將不假思索，繼續往池水跳，根本不知即將降臨的災難（游泳池的水即將抽乾），把自己推向死亡的深淵。

由此類推，號稱萬物之靈的人類，其行徑實與青蛙無異，不斷投入各種熙熙攘攘的「追逐」，不斷讓自己陷入「勞」「欲」之災。終其一生，不斷在「執迷」與「死亡」間擺盪，無法勘破，一個個成為大自然舞臺上「生之盲昧」的祭品。

對此題材有興趣的讀者，另可參日本芥川龍之介〈青蛙〉，對照不同作者的不同領悟。

小書

像今天的漫畫出租店一樣，小時候有一種出租圖畫書的攤子。

那是一種古典風味的連環圖畫故事，因為一頁只畫一格圖，所以裝訂起來小小的一本，大家管它叫「小書」。

孩子們熱衷的情形，一如今天的漫畫書。我們慣常把小書租回家看，這在有些家庭是禁止的，我的母親在這一點上，採放任的態度，直到有一天哥哥的成績單寄回家來了。母親拆開來，吃驚的發現，其中有一科是紅字。

不幸，當她找到哥哥的時候，他正埋首在小書堆中。母親在找出成績低落的全部原因之前，她決定先把這些小書消滅。在三、四個佣人協助下，（他們平常也公看我們租來的書哪！）把搜羅到近四十冊的小書，一口氣燒掉了。

焚書之後，我們兄弟倆真正的災難來了——我們不敢再見那個租書人，而書攤就在我們住的大廈旁的巷口。幾乎是每日的必經之地。沒有人知道買一冊小書真正的價錢，但是賠四十冊書，我們倆是很難辦到的，而母親似乎在燒完以後，就忘掉了這回事。好在，人小總是容易藏匿，夾雜在一群行人之間，每天提心吊膽的走過書攤；如果必要的話，繞道也願意的。

日復一日的過去，兄弟倆在一起的時候，總是討論著：「已經過了十天了，他一定以為我們已經失蹤而不會再追討了吧？」

「會不會一天天把租金加上去，等著我們還書呢？」也許租書人曾過來找我們，大概樓下的門警擋過他；要不然就是電梯的管理人拒絕他搭乘……「那麼，租書人已經絕望了吧？」

不久，家中醞釀要遷出這個城市，新的定居地，在澳門、鼓浪嶼和臺灣之間，作一個選擇。這是多麼令人鼓舞的事！雖然告別這座出生的大城，心中有點難捨，但是去接觸一個新天地，又是多麼誘人。哥哥和我，從可能翻閱得到的書籍中，去認識這些個地方，於是在陌生的、像山芋形狀的臺灣地圖上，首次發現到「雞籠」和「打狗」這些奇異的地名。

興奮的遷居準備當中，「小書事件」又成為整個快樂中的隱憂。因為日常夾藏在別人身體後面，混過書攤，雖然已經很拿手，但是搬家卻是那麼公然的一樁事情，箱籠和家具說不定要載運整個上午，即使住在這麼一個漠然的大城裡，也勢必引起街鄰的關心，到時候，向送別的人一一揮手時，那租書人的臉，難免也會夾雜其中吧？

那麼整個春天的躲躲藏藏，想使租書人斷念的，到這個地步，一切都白費心機了。

搬家前一週，父親為了早一步安排，決意先輕裝簡從的出發，竟帶走了我那幸運的哥哥，而今接受追討的最後責任，只落在我一人身上。

不出所料，搬家的工作，光只運載家具什物的貨車，從大廈到港口，就運了五、六趟來回，費掉整個上午和下午的時間。

為了避免在底樓出現的關係，我留在家裡盡力做著九歲孩子所能做的一切事情。我也想到坦白向母親提出要求，去付清這筆賠償，無奈根據經驗，大人們在忙碌的時候，總是容易發脾氣的。所以只好祈禱能捱到天黑才離去，那時候租書人就收攤了。聽母親說，客輪不是午夜才啟航的嗎？

正在癡想的時候，母親大聲的從我背後說：「想一個人留下來住嗎？」我吃驚的環顧四周，發現屋子已經搬空了。現在我不得不跟在母親後頭，從八樓降下，踏入底層的門廳，一些職工和門警都嚴肅的目送我們。

昏暗的黃昏光線，映出門外一輛黑色轎車，前後門都開啟著，等候我們。大約只要二十步的距離，就可以永遠逃避這件不名譽的事情。

正當母親的腳步落在人行道邊緣的瞬間，我的心皺縮起來了——那個從巷口奔跑前來的影子，不正是那個租書人嗎？

「太太，」他的聲音清楚的說：「我是出租小書的人，您的孩子好像還有一些書沒有還來呢！」

「啊——」在還沒有來得及向母親解說之前，她已經從手提包裡取出一枚銀幣，放在租書人的手中，並且和悅的問：「這些——還夠嗎？」

租書人吃了一驚，也和悅的說：「謝謝您，太太。出遠門嗎？一路順風了！」

我從來沒有那麼大的衝動，想上前擁抱母親。

轎車緩緩的駛去，從車後窄小的窗子看去，那個租書人佇立路旁，漸漸縮小遠去。

這時候，母親從前座回頭向我微笑，好像是終於結束辛苦忙碌的一日，也好像是暗示我：「這就是你該嚐一嚐的苦頭。」

——選自《黑暗中的風景》（一九九六，爾雅）

賞析

「小書事件」是作者童年記憶中的小事，卻是他「成長」的大事。藉由處理過程，藉由小時愧疚心理的焦慮、掙扎，帶出母親「機會教育」的獨特方式。

篇中「小書事件」，最簡單的方式即母親燒掉書，母親去出租店賠償付款。如此一來，「問題」馬上解決，從此銀貨兩訖，兩不相干。然而，母親「似乎」忘掉，於是讓兩兄弟嚐到「見不得人」（出租店老闆）的苦頭。尤其是當弟弟的他，一直忐忑不安，一直到搬家離去最後時刻，租書老闆前來討「債」，母親才解決這難堪的場面。

「小書事件」中，母親「似乎」有意無意間要讓兩兄弟去嚐嚐荒廢學業的苦果，拿不出書還出租店的苦果，好好記取這次的教訓。而經由作者的回憶、追述，很顯然，這次經驗的體會，確實刻骨銘心，難以磨滅。畢竟生命裡沒有什麼大事，只有比大事重要的小事。

無可置疑，「家庭教育」形塑小朋友的人格特質。而父母在「養」「育」之間，如何拿捏分寸（「我必須殘忍，才能善良」），如何讓小朋友學習，懂得「承擔」、懂得「面對」，正考驗每一個家長的智慧。

張至璋

簡介

一九四〇年生，政治大學法律系畢業。曾任高中國文教師，中廣公司記者，「早晨的公園」節目主持人，中華電視臺記者及新聞主編，華視新聞部製作組長，澳州國家廣播公司新聞主編，《讀者文摘》翻譯多年。曾獲廣播及電視金鐘獎、聯合報小說獎及極短篇獎、一九九五年澳州聯邦作家獎、世界華文文學獎。現任中廣公司駐澳洲記者、旅澳作家。著有《南字星下的月色》、《跨越黃金年代》、《何凡傳》（與夏祖麗、應鳳凰合著）、《張至璋極短篇》、《飛》，以及翻譯《自求簡樸》、《生命中的懸夢》等書。

那個陰沉的早上

那是個天色陰沉的早上，還刮著些冷風。我在送孩子到學校後，把車開到一家麥當勞停車場，停在一棵大尤加利樹下。一夜的秋風，把落葉吹攏到沿人行道的溝邊，一名工人正在收集。剛沾過雨露的一叢叢紅黃菊花，嬌艷地抗拒著天上陰霾。

我點了早餐，取了報紙，坐到角落一扇大玻璃窗邊。狹長的店裡沒有客人，但是幾張桌子上有零亂的紙杯、紙盒、薯條等物，顯然是客人剛走，沒有扔進廢物箱。一名年輕婦女帶了個五六歲的小男孩進來，點了攜出早餐，那小男孩有一頭金黃亂髮，穿了件紅套頭棉衫，手上拿著可樂。他被窗外花花綠綠的遊樂設備吸引，圓圓的臉上綻現出了笑容，便跑過來趴在窗上向外望著，他的媽媽也跟了過來，坐下等著他們的早餐。

就在這時，遠處的自動門開了，一名穿著黑色大衣的瘦高男人，微駝著背進來。他雙手插在衣袋裡，長髮被開門時灌進的風，吹得飄動著。他翻起了衣領，卻沒扣上任何鈕扣，因為，他的大衣幾幾乎沒有扣子了。

他微低著頭，眼光很快掃了下全場，然後慢慢移近一張杯盤雜亂的桌子，在椅子上坐下。他把桌上的報紙隨意翻動了兩三下，並不真心看報，慢慢打開手邊客人用剩的紙盒檢視，看看有沒有剩餘食物。他又換到隔鄰的桌子，先佯做休息，然後從桌上捏起一根冷薯條，放進了嘴裡。

我們都看到了這男人的舉動，那男孩揚起眉毛，小聲對媽媽說：

「他在吃別人的東西呀！」

「噓！他沒有錢買漢堡。」媽媽也小聲說：「喝你自己的可樂，不要管別人的事。」

可是小男孩仍然問：

「但是，那些東西冷了呀？」

「沒有辦法，因為他肚子餓。」媽媽說。

那名流浪漢查覺到了這邊的人，抬頭望過來，當他跟小男孩四目交投時，有些尷尬，立刻放下薯條，但是旋即向小男孩擠了下眼睛，揚起嘴角向他滑稽地笑了下。他那原先滿佈鬍子渣，冷峻尖刻的臉孔，一下子不見了，卻忽然和藹起來，如同陰霾的天空，突然灑下來一道陽光。

小男孩靜靜地看著他，沒有笑，接著羞赧地低下頭，畏縮地叼起可樂吸管。但是又忍不住，用眼角去偷看那人。

那流浪漢這時不好意思再去搜尋別人的食物，便換了張桌子坐著休息。

小男孩更小聲說：

「媽，可不可以給他買個漢堡？」

「哦，」媽媽想了下說：「他也許不肯接受。」

「為什麼呢？」

「我想，他只肯吃別人吃剩不要的。」媽媽說。

這時女服務員拿了兩個紙袋過來，把大紙袋交給媽媽，小紙袋交給小男孩。媽媽站起來謝了聲便走向出口，小男孩在後面跟著，他低著頭，似乎心事重重。

當他們走到門口時，小男孩忽然做出個不尋常的舉動。

只見他打開了紙袋，很快拿出他那熱騰騰的漢堡，大大地咬了一口，然後回轉身，向我這邊跑過來，把漢堡放在他剛才坐的桌上；接著滿臉通紅，害羞地低下頭，一古腦兒向門外奔去。

那流浪漢顯然很驚訝，他看看桌上那被咬了一口的漢堡，然後一直目送著小男孩，奔到遠處媽媽的車旁。

我想現在最好也離開，於是便起身歸還報紙走出門外，我當然沒回頭望，但卻看見烏雲裡，露出了藍天。

——選自《張至璋極短篇》（一九九四，爾雅）

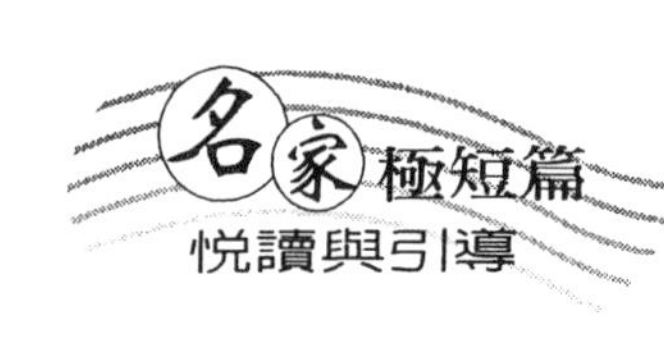

賞析

本篇以「那個陰沉的早上」為背景，反襯小男孩「愛的小故事」之窩心亮麗。

依筆者在「麥當勞」用餐的經驗，大抵各人吃各人餐點，即使有流浪漢撿食餐桌所剩的，仍無人過問，兩不相涉。然而，如此一來，便沒有這則「暖人心目」的極短篇。

本篇的優點有二：第一，藉由目擊者（我），客觀呈現事件始末，更能產生「忠實報導」的作用。換言之，如果換成「小男孩」、「媽媽」、「流浪漢」任何一人第一人稱的敘事觀點，則整個敘述將顯得主觀，缺少冷凝的效果。第二，場景、角色、食物三者，統一變化，前後呼應。於是，篇中一開始的場景（「剛沾過雨露的一叢叢紅黃菊花，嬌艷地抗拒著天上陰霾」）與篇末小男孩臨走轉身咬了一口漢堡而將其所剩送給流浪漢的行徑，相互呼應，形成耐人尋味的指涉。中間流浪漢不好意思的笑容（「如同陰霾的天空，突然灑下來一道陽光」），並與小男孩不好意思送出咬了一口的漢堡（「烏雲裡，露出了藍天」），前後銜接，對立而統一。因流浪漢不好意思的笑容與小男孩咬了一口的漢堡，均是「C」的造型，均是善意的親切綻放。

當然，這一口一定要由天真的「小男孩」來咬。如果換成大人來執行，恐怕是「不食嗟來之食」的另一版本。

返家

依步下長途火車，在小鎮車站門口等了一會兒。

下車的旅客很少，多半由家人接走，或是叫計程車走了。她拎起帆布袋，孤單地步出車站，緩緩走向小鎮。

依並沒盼望傑一定會來接。

三天前寄的信，當然會收到，只是縱然想回信也已來不及，她已回來了。

——回來了？多麼諷刺！

依不自覺苦笑出來，把手提袋從右手換到左手。四根手指勒得紅紅的。

一年前，傑失業後，連零工都找不到。他和她商量之後，把那只有兩間臥室的小房子，再轉租出去一間，做個二房東，彌補失業金的不足。後來，依還是決定離開他。

她記得很清楚，分離的那天早上，她眼中噙著淚水，他則在沙發上喝著悶酒。她當然知道他內心的痛苦，然而她別無選擇，只有離開他到遠方自謀生路。

想不到經過一年的困苦掙扎，她走投無路，還是回來了。只是不知道，這次回頭，是不是又錯了。

——他會接納我嗎？

——或是，他已有了別人？

依的腳步踟躕起來。抬起頭，天上碧藍如洗，純潔得就像這個世界上從來沒有過痛苦。一個小小的白氣球，在遠處天邊搖擺著，一定是從某個孩子手中掙脫的。

跟傑認識了三年，每年情人節他都送個氣球，只有今年例外，因為他無法連絡到她。

走完大街，再轉兩個小彎，就到她和傑以前的家了。她停下來，內心矛盾起來。不遠處樹梢上，又出現一個紅色氣球，冉冉上升。

隔了幾秒鐘，又是一隻，這次是綠色的，搖搖擺擺追逐著那隻紅的。

兩個小女孩從她身邊跑過，奔向那飛升氣球的巷子，傑的巷子。

——是傑？

依的一雙大眼睛忽然明亮起來，一陣喜悅湧上嘴角。她把提袋挎上肩膀，快步跟在小女孩後面，一面熱切地望著前方天空，一隻黃氣球，又一隻白的……

彎過轉角，終於到了他們的巷口，已看見那熟悉的門前大樺樹。路邊空草地上，一輛小卡車，上面一名賣氣球的青年，正在熟練地用吹氣筒，鼓脹起一個個氣球，分送給圍繞四週的孩子，也間或把一兩個撒手升入空中。

她一下子感覺失落到極點，慢慢走向大樺樹的家門。到了小卡車邊，吹氣球的青年問她：

「小姐，要一個嗎？」

「不，謝謝。」她抬頭笑笑，勉強應酬一句：「生意好嗎？」

「我今天不做生意。」青年一邊吹氣球，一邊說：「我被包了下來，要我一看到遠處火車進站，就吹氣球送上天，分送孩子。多奇怪的主顧，是不是？」說著，他指了下身後的樺樹人家。

依突然感到一陣熱潮湧上面孔，她心跳加速起來，急忙跑步奔上台階。

大門鎖住了，她伸手按門鈴，門鈴邊粘著一個白色信封，下面只有一個字「依」。她熱切地拆開：

「抱歉沒來接妳。

我去上班了，上週找到的工作，年薪三萬五。想想，年底我能換掉那輛破福特了，多棒！

我預支了薪水，雇了個賣氣球的——今年情人節，我欠妳的，不是嗎？

這兒是鑰匙，冰箱裡有蛋、麵包，牛奶。

下班見。

——傑」

依激動地，用顫抖的手去開啟剛才還曾懷疑的房門。然而，一個驚異的景象，令她退避到台階下。

門開處，一大堆彩色氣球像爆米花般，從屋內掙脫衝出，無拘無束，搖曳著投奔向湛藍的天空，就好似運動會典禮一般。

孩子們蹦跳著，歡呼著。

依仰頭望著，慢慢舉手拭去了熱淚。

——選自《張至璋極短篇》（一九九四，爾雅）

賞析

〈返家〉以雙重意外的戲劇化，讓本篇由「趣」而走向「味」，展現相濡以沫的深刻內蘊。

如果全篇設計成「小傑在家門前拿著氣球等她」，這樣的情節，將過於單薄。然本篇作者藉由「賣氣球青年」的過渡，讓女主角（依）由喜生悲。結尾，再藉由「門鈴邊粘著一個白色信封」，讓她由悲而喜；最後，「一大堆彩色氣球像爆米花般，從屋內掙脫衝出」，則經歷感情的三溫暖，攀登喜悅的最高峰。

男女之情，令人動容處，不在於一帆風順的快意分享，而在於相濡以沫的深度分擔；綻放「兩人同心，其利斷金」的高貴品質，腳踏實地，迎接愛情與麵包。

亮軒

簡介

一九四二年生，美國紐約市立大學廣電研究所畢業。曾任中國廣播公司「早晨的公園」節目主持人及其他節目製作人、《聯合報》專欄組副主任、公共電視「空中張老師」、「兒福百寶箱」節目主持人、國立藝專廣播電視科主任等。曾獲中山文藝散文獎、吳魯芹散文推薦獎。現任世新大學口語傳播系副教授。著有《情人的花束》、《亮軒極短篇》、《吻痕》、《江湖人物》、《從散文解讀人生》、《風雨陰晴王鼎鈞》等小說、散文集、評論集等多種。

陳情表

「報告老師！我……我……我不能當班長。本班同學彼此都沒有充分的了解，報告老師，我不適合，真的我不適合。才新生訓練第一天，……大家要多多了解才……才好嘛，是、是，老師說得是，不過，我也磨練得很夠了，服從才是磨練，我願意絕對服從，真的老師我保證，國中我都全勤從來沒有九十五分以下的成績，就是服從。是誰當班長我都絕對服從領導，領導也必須有我這樣的同學來配合對不對？老師？哦，班狀元也沒有什麼啦，還不是服從嘛。報告老師，要班狀元當班長太不公平了，那我寧可不要班狀元。報告老師，要不要我爸爸給老師一個證明？病？不是病、老師，我爸爸說學生把書讀好才對，上課仔細聽講、下課多作複習、考試以前都要背，要專心一意準備考大學，三年時間很短，我爸爸說的。報告老師，爸爸要我今天回去給他一個回答，所以我才、我才來報告老師，老師說民意？我們學生一切聽老師的，老師替我宣佈就可以改選了……不會有人反對啦，老師，做學生就要服從老師就好像做兒子服從爸爸嘛，我爸爸這樣說過。我不會講話啦老師，站在前面會怕，報告老師我保證努力用功為本班爭取高分榮譽，報告老師，在國中我也是模範生可是不是班長。什……什麼？奴隸性？老師說的當然沒有錯，但是從小學到國中一直都很快樂，是的、是的、也許就是吧？快樂的奴隸，不過我爸爸說否則就要轉學，到別的學校去當模範生，這是爸爸說的……他沒有說當奴隸，老師，……。」

——選自《情人的花束》（一九九四，時報）

賞析

極短篇的形式，可以包括書信、日記、表格等，極其變化。

本篇反諷效果有三：第一、李密〈陳情表〉為祖母年事已高，乏人照料，拒絕朝廷徵召為官。本篇〈陳情表〉因爸爸認為大學聯考最重要，無暇他顧，拒絕當班長，為班上服務。前者發乎親情孝思，後者完全為個人利益算計。第二、文中提及自己在國中時榮獲「模範生」頭銜，但其實根本不知「模範生」的真諦為何物。如此以高分為生存指導原則的「模範生」，充其量不過是「考試機器」，只是「智育」比較發達的「怪獸」，何模範之有？第三、強調自己很會考試，從小學到國中都「很服從」爸爸，「很快樂」拿高分，完全喪失自己省思、獨立判斷的能力。認同「快樂的奴隸」，拒絕變成「會思想的蘆葦」；只知道「人不為己，天誅地滅」，而不知道「人人為己，天崩地裂」；只注重「私領域」，而漠視「公領域」的意義。

這樣的極短篇，正反映出教育的畸形偏頗，往往教出一批「考試的巨人，服務的侏儒」，與德、智、體、群的教育目標，背道而馳。

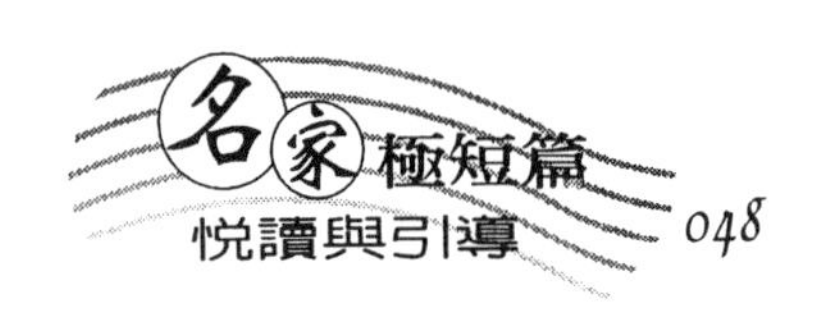

繩與結

李家寶就是在那年那個好像名叫萬達的颱風吹過之後，開始把他自己跟胖妹拴在一起，從此以後就沒解開過。吃飯、睡覺、上果園工作、下山買日用品、到收支處領月退休俸、去榮總分院排隊看病領藥，以至於拉屎尿尿，李家寶就再也沒有跟胖妹分開過，直到他去世為止。

戶籍上登記著胖妹是李家寶的妻子，也姓李，李胖妹，姓也是跟著李家寶走。該不該稱他們這一對叫夫妻，只有天曉得，依照身分證上的記載，李家寶足足比胖妹大上快四十歲了。推算起來，胖妹變成李家寶老婆的時候，才剛剛成年。胖妹是個智障女娃娃，那個年頭也沒有今天這樣的社會福利制度，不過在那個小小的山村裡，胖妹自己到處遊蕩，也不會出什麼問題。只是胖妹的爸爸媽媽守著幾分高山梯田，兩個兒子稍稍長大出了遠門就再也沒有回來，多半也是不肯分擔照顧傻子妹妹的責任。二老的年紀卻一天一天大起來，不得不為身後胖妹的問題發愁。無巧不巧，李家寶那一年退役下來，被分發到村子附近的農場就業，認識了胖妹的爹娘。說起來大概也是緣分，胖妹平時呆呆傻傻的，李家寶一到他們家走動，胖妹就望著他痴痴發笑，連里長都說他們有緣。在眾人慫恿攛掇之下，胡亂的把他們做成了夫妻。李家寶倒是沒有半點不樂意。打從十三歲跟著部隊當小兵開始，全中國大江南北也不知道跑過多少地方，吃過多少苦頭，熬到了個士官長的身分退役，幾十年來就是沒有過半個屬於自己的女人，看到袍澤弟兄成婚，不論醜妍老少，他都暗暗羨慕得要死。有了一個死心塌地只認得他，只跟隨他的胖妹，雖然大小雜事還是得由自己料理，李家寶白日裡外出工作，傍晚回家，老遠就看到胖妹衝著他搖搖擺擺跑過來，一路癡癡的笑著，李家寶滿身疲乏，一下子也就褪盡了。

後來胖妹的爸爸媽媽把那幾分薄田也都很便宜的讓給了李家寶，說是到城裡跟兒子過去了，卻從此不知去向。李家寶以退役之後所有的積蓄買得那幾分地，索性就退出大家共同經營的農場，當起自耕農來，原本的稻田改成果園，就近也方便照應胖妹，日子過得安安靜靜，彷彿天地間只有他們倆，李家寶倒是覺得十分滿足。

因此胖妹跟李家寶更是形影不離了，本來李家寶也從來沒有為胖妹會不會失蹤操過心，沒料到那年萬達颱風過境的時候卻出了事。山窩裡的風雨特別大，李家寶早早就用竹竿繩索固定了果樹，門窗也都釘牢了，半夜裡狂風不住的吼叫，嚇得胖妹緊緊的抱著李家寶，箍得他都快要透不過氣來，正在此時，砰通一聲巨響，後門廚房的門給吹掉了，接著滿屋子就任憑狂風暴風亂飛亂竄，李家寶不得不掙扎起來搶救，好不容易馬馬虎虎先穩住重要的家具家當，全身濕透了的李家寶竟發覺胖妹不見了。先是在屋子四周拚命叫喚，一點回應也沒有，只得等到天亮央求鄰里幫忙，連林區駐警也都參與了搜救，一連三天，在大家都認為凶多吉少的時候，胖妹卻被遠在十幾里外的修路工人發現了，她一個人蜷縮在山溝的一個大樹洞裡直打哆嗦，全身泥濘，傷痕斑斑，看得李家寶好不心疼，還在眾人面前，就摟著胖妹大哭了一場。

這就是後來他們永遠拴在一起的端由。

也不知道怎麼搞的，胖妹本來只能算是小胖，自從被一條長長的紅繩子攔腰拴在李家寶腰上之後，不到兩年工夫，足足比先前肥了一倍有餘，偏偏李家寶不聲不響的愈縮愈小，沒多久居然白掉了滿頭的短髮，一老一少，活像小農夫拖著大巨人的那個西洋童話現世上演。李家寶禁不住老里長的勸告，一條紅繩子拖著胖妹，帶著榮民證，起個大早轉上兩道車，特地到城裡榮總分院作了個檢查，確定肝有了問題，得定時吃藥、打針、檢驗。此後李家寶與胖妹一條紅繩兩端拉拉扯扯的鏡頭，就經常成為市區街道行人駐足而觀的奇景。

智障人不只對人是一個勁的赤膽忠心，對物也是一樣，認定了那一根紅繩子，其他的繩子就不能上身，繩子舊了、斷了、只好打結接上。上街的時候，李家寶就把繩子收得短一點，在山村家園，就放得長一點，漸漸兩人也就習慣了，彷彿他們天生就是一線相連，默契十足，只不過那根繩子到了後來打滿了大大小小的接頭，又髒又膩，原來的鮮艷早被磨損殆盡，不仔細看還看不出那是根紅色的繩子哩。

直到附近的人家好幾天都沒見到這一對小農夫與巨無霸在果園出現，覺得情況有異，結夥逕自開了李家寶的大門察看，只見李家寶早已在床上氣絕幾天了。胖妹窩在床腳下，也不知道這幾天她是如何過的，看到了人，還是那麼樣一味的癡笑著，破爛繩子亂七八糟盤了一地，兩頭卻依然相連，綁得牢牢的。

胖妹現在在一家公立的教養院裡，受到的照顧還算可以，只是已經無人知道她的來歷了。她的特徵就是圍在胖大身軀上一圈圈的繩子，而且，誰也別想解開，只要有人輕輕拉那麼一下，她就會大哭大鬧個一整天，沒有人能哄回來。

——選自《亮軒極短篇》（一九九八，爾雅）

賞析

相對於唐傳奇的〈定婚店〉（「赤繩子耳。以繫夫妻之足，及其生，則潛用相繫」），相對於孟郊的〈結愛〉詩（「心心復心心，結愛務在深。一度欲離別，千迴結衣襟。結妾獨守志，結君早歸意。始知結衣裳，不如結心腸。坐結行亦結，結盡百年月！」），本篇〈繩與結〉剝落浪漫色彩，告別俊男美女的偶像織夢，拈出現實殘酷舞臺的弱智個案。

基於怕胖妹再度走丟，李家寶用心良苦，將紅繩拴在兩人腰間。從此之後，兩人「坐結行亦結」，形影不離，成為山村、街上的奇景。直至李家寶肝病，氣絕在床，兩人確實「結盡百年月」，無疑將孟郊〈結愛〉詩，做了最令人「不忍卒睹」的現代詮釋。

至於胖妹身上的繩結，不但為胖妹痴呆心結的表徵，更是她心目中熟悉、安全的保證。即使胖妹渾然不知老公李家寶已去世，即使胖妹仍停留在痴呆的渾沌世界，身上繩結已然成為「制約」的飾物，成為「生死相許」的伴侶，替代李家寶，替代熟悉的過去。

吾輩常常為「情至痴而始真」的愛情故事，嘘唏不已。然而，面對這樣的「情至呆而始真」的弱智個案，在嘘唏之外，不免對「凡存在皆合理」的弔詭，又多了一層深沉的悲憫。

作者

愛亞

簡介

一九四五年生，本名李丌。是一個寫作人，十歲開始閱讀小說，從未間斷，三十歲開始寫作，從未間斷。著有小說、散文、青少年讀物。如《曾經》、《喜歡》、《愛亞極短篇》、《有時星星亮》、《夢的繞行》、《秋涼出走》……等。目前感於社會上生趣與生機趨淡，希望盡己力做一些提升工作，因此設立工作室，在台北市大直北安路「愛亞小坊」帶領讀書會及教授寫作。

曾做過《台灣日報》兒童版策畫、《聯合文學》執行主編、中廣公司青少年心理輔導節目、警察廣播電台文學節目主持人及製作人的愛亞，今後主要的工作仍將放在寫作。

打電話

第二節課下課了，許多人都搶著到學校門口唯一的公用電話前排隊，打電話回家請媽媽送忘記帶的簿本、忘記帶的毛筆、忘記帶的牛奶錢……。

一年級的教室就在電話旁，小小個子的一年級新生黃子雲常望著打電話的隊伍發呆，他多麼羨慕別人打電話，可是他卻從來沒有能夠踏上那只矮木箱，那只學校給置放，方便低年級學生打電話的矮木箱……。

這天，黃子雲下定了決心，他要打電話給媽媽，他興奮的擠在隊伍裡。隊伍長長，後面的人焦急的捏拿著銅板，焦急的盯著說電話人的唇，生怕上課鐘會早早的響，而，上課鐘終於響起；前邊的人放棄了打電話，黃子雲便一步搶先，踏上木箱，左顧右盼發現沒人注意他，於是抖顫著手，撥了電話。

「媽媽，是我，我是雲雲……」

徘徊著等待的隊伍幾乎完全散去，黃子雲面帶笑容，甜甜的面對著紅色的電話方箱。

「媽媽，我上一節課數學又考了一百分，老師送我一顆星，全班只有四個人考一百分吔……」

「上課了，趕快回教室！」一個高年級的學生由他身旁走過，大聲催促著他。

黃子雲對高年級生笑了笑，繼續對著話筒：

「媽媽！我要去上課了，媽媽！早上我很乖，我每天自己穿制服、自己沖牛奶、自己烤麵包，還幫爸爸忙，中午我去樓下張伯伯的小店吃米粉湯，還切油豆腐，有的時候買一粒肉粽……」

不知怎麼的，黃子雲清了下鼻子，再說話時聲嗓變了腔：

「媽媽！我，我想妳，好想好想妳，我不要上學，我要跟妳在一起，媽媽！妳為什麼還不回家？妳在那裡？媽媽……」

黃子雲伸手拭淚，掛了電話，話筒掛上的一刹那，有女子的語音自話筒中傳來：

「下面音響十點十一分十秒……」

黃子雲離開電話，讓清清的鼻涕水凝在小小的手背上。

——選自《愛亞極短篇》（一九八七，爾雅）

賞析

以「電話」為媒介，可以展開形形色色極短篇。如：苦苓〈三通電話〉（《苦苓極短篇》）〈深夜怪電話〉（《苦苓極短篇Ⅲ》）、楊明〈電話裡的故事〉（《關於愛情的38種遊戲》）等。

愛亞此篇，以「敘述對象」的意外見長。藉由小朋友的純真觀點，帶出思念母親的心理真實。這樣的「打電話」，打給報時台，正是一種「替代作用」，用以「渲洩」湧動的思念，「補償」渴望母愛滋潤的心田，完全為親情「近癡而始真」的合理表現。似此，赤子之心的「天真」流露，其情可憫，聞之心酸。洵為「情之幽微」的極短篇佳作。

本篇並收入三民書局高中國文課本第一冊。

臭豆腐老闆與褲子

社區小小的十字街口橫排豎列的擺設了七八九十個吃食攤子，穿著好料子衣裳的我在這些黃黯燈光照射下的食攤旁已遊蕩晃走了數回！我的眼光專注地投向那一攤寫著大紅字「腸仔麵腺、炸臭豆腐」的鍋鑊，臭豆腐噗噗啵啵冒泡泡的油鍋十分恐怖，令人想到油沸數百度，如是一隻手按浸下去……我決定我是可以吃一碗腸仔麵線的。

雖然衣裳是黑色的系列，但不耀眼的黑其實更容易突顯衣服質料及做工的出色，因此之故，我站立腸仔麵線粗糙簡陋的食攤旁那種不搭調令我自己也不自在，可是我決定我要吃一碗腸仔麵線。

圓滾滾面露幸福笑容的老闆娘掌麵線的鍋杓，油炸臭豆腐的工作歸屬於瘦伶伶的老闆，他俐落地用一把沾滿油漬身經百戰的大剪將每一盤中的三方塊豆腐分解做小塊塊，然後淋了一小匙這，一小匙那的佐料，加上酸味掌控了空氣的泡菜，端給顧客。

我坐下，坐在攤旁的圓凳，對老闆娘說：「一碗腸仔麵線。」

我當然記得我剛由朋友的宴會回來，剛吃過滿肚腹的魚蝦羹肉。

我也沒有問；為什麼以前的「蚵仔麵線」會幻化成「腸仔麵線」？一口麵線一口腸仔，由於飽脹，我極不經心地抵食著不知滋味好壞的食物，眼睛卻努力又貪婪地隨時去觀察那瘦瘦的老闆。我觀察老闆的褲子。

老闆工作時，他的肚腹以上可以露顯在攤車之上，以致，灰藍色的褲子褲腰部分及褲腰上的噴水鯨魚Mark清清楚楚地躍入我的眼簾，一套一千八百元，我知道價碼，賣臭豆腐的男子穿著一千八百元一套的工服，真是引起人大大興趣的事啊！那質料，那特殊的灰藍，那鯨魚Mark看來不像仿冒品！而他瘦瘦的身子和丈夫也竟有著幾分神似。

是我盯著看他忒引人注意了，胖老闆娘笑臉向我說：「他騷包！賣臭豆腐也要穿名牌褲子，還有一件上衣，兒子送的啦！他唯恐別人不知道！」

瘦老闆在眾人客羨讚的眼光中得意地展露非商業的帶喜意的笑。

「是呀！很貴的褲子，很好的料子！」我應和。

以運動休閒服來說，是很不錯的，我順勢在我身旁收拾碗筷的老板腰上大膽輕摸了一把。

管他是不是太突兀太無禮太不成體統！我只是想感覺一下那褲子在我手指下的觸感。我站在十字街口徘徊時便想重新複習那觸感了！

丈夫也有一套一式一色的運動休閒衣褲，我買的，也是我親手投擲入殯儀館的焚化爐中燒捎丈夫的。

丈夫和那套他經常穿著的衣褲離開我已整整八個月了。

——選自《愛亞極短篇第二集》（一九九七，爾雅）

賞析

全篇之「趣」，在「輕摸了一把」的「搔擾」上；而「味」，則在睹物思人的「移情作用」上。

所謂「情之所鍾，正在吾輩。」基於接近的聯想，自然而然會「記得綠羅裙，處處憐芳草」（牛希濟〈生查子〉），自然而然會「愛屋及烏」，產生感情延伸、暈染的擴散效應。因此，篇中的「我」，發現相同款式的鯨魚牌運動休閒衣褲，不免「我見猶憐」，對丈夫的懷念得以具體連線，於是內心琴弦悠悠響起。

在生活上，女子穿著和別人「撞衫」，往往驚駭錯愕，避之唯恐不及；然而一旦自己買給另一半的，和別人「撞衫」，卻是驚喜莫名，深覺英雄所見略同。其中心理變化，耐人尋味、莞爾。

喻麗清

簡介

一九四五年生，臺北醫學大學藥學系畢業。曾任耕莘文教院青年寫作班總幹事，在美國紐約州立大學教授中文，並任職加州大學脊椎動物學博物館。曾獲新聞局優良著作金鼎獎，中國文協散文獎章，兒童文學小太陽獎及文建會最佳少兒讀物獎。現旅居美國加州柏克萊。著有《喻麗清極短篇》、《愛情的花樣》、《帶隻杯子出門》、《短歌》、《蝴蝶樹》等小說、散文、詩、兒童文學集，近三十冊。

它莖高四十到八十公分，葉子像芭蕉，顏色灰綠，上有網狀葉脈。花雪白，大瓣層疊，中間不長蓮房，只長著細絲狀的紫紅色花蕊。每年八月間開出飯碗大的花球，散發著菊花般的清香。

書上是這樣子寫的。

它的名字叫雪蓮。它生長在——

天山，三四千公尺的山嶺上。這些山嶺終年積雪，經常夾帶著冰雪的狂風，這裡既沒有肥沃的土壤，也缺乏草木的護蔭，可是——

雪蓮，卻在石頭縫裡，茁壯艷麗。

*

「我在一本地理書上看到新疆的介紹。哈薩克人的情歌、崑崙山麓的金玉和那一見傾心的雪蓮，不，我一點也不寂寞。」我跟電話裡的人說。

於是，他們放心了。這是我出事之後，他們第一次留我單獨一人在家。

我的父親是獵人。我的哥哥是獵人。他們常常開車到兩百多哩外的沙爾頓海，那兒的水塘是獵雁最美的地方。

我閉著眼都可以看到他們躲在草叢中靜候那些在晨曦中展翅低飛的雁群。一切都顯得格外的灰暗，在黎明之前。

天是欲亮未亮的顏色，水草是欲綠未綠的蒼莽。

「砰！」子彈射出，天邊落下一隻壞運氣的雁或者野鴿。

不打滿規定的五隻，他們是不會捨得回來的。我知道。因為我曾經也是一級的狩獵好手。

我仍然是的，我希望我是。

今夜，書本是我的天空，心是我靜默忍耐的守候伴侶，我是一個沒有槍的獵人。

獵人，向來最懂得生命中孤獨與等待的意義。

我悄悄將那一株書上獵來的雪蓮在我荒蕪的心田裡種下。

我闔上書，推著我的輪椅到牀邊上去。我用雙手緊緊抱住牀柱，企圖把這不完整的身子拉上牀去。我費盡力氣，試了又試。渾身是汗，可是下身完全沒有動靜。這使我重新憶起那次可怕的車禍。

我熄燈垂首，黑暗中的困窘，只願讓窗外同情的月色照見。獵人的黎明，用挑戰換來。

終於抓緊了左邊的牀柱，將自己摔到了床上。

那在高寒的石縫裡可以栽植雪蓮的命運之神，他才是最好的獵人。他獵走了我腰部以下所有的神經。

我趴在枕上，忍不住淚如泉湧。

——選自《喻麗清極短篇》（一九八八，爾雅）

賞析

〈獵人〉全篇，透過特殊事件，挖出普遍義涵，照見共同思維盲點；是「了悟」類型的極短篇佳作。

在關係的鎖鍊上，凡夫俗子的我輩，常囿於「我」個人的單一視角，強調「我」的主控權。殊不知，在平面空間上，正是「螳螂捕蟬，黃雀在後」的環環相扣；在立體空間上，我之於獵物，猶如命運之神之於芸芸眾生中的我。由此觀之，我實在沒有理由可以見獵心喜，夸夸其談。只要命運之神的手指輕輕一撥，只要一個「偶然」、「意外」，「我」瞬間非死即傷。

於是，當明白人世無常，深知生命隨時都有轉彎的地方；當真正領悟到「日日是生日，日日是死日」，應視無常為正常；我們將不再以嗜血「獵人」沾沾自喜，而以「獵物」心態，臨深履薄。原來，生命是去正視「心是人生最大的戰場」（廣告詞），去深刻體會「獵人，向來最懂得生命中孤獨與等待的意義」；終而坦然面對彈無虛發，世上最偉大的射擊手——命運之神。

粉紅豆腐

傳說深山裡有位隱士，調百草煉靈丹，製成了一種永保青春之物。它看起來像豆腐，卻是粉紅色的，隱士便叫它「粉紅豆腐」。消息十百相傳，隱士再也隱不住了。他乾脆公開宣稱要找幾個人來試驗試驗，可是死活得自己負責。

隱士對絡繹不絕尋上山來的人們說：

「我的粉紅豆腐最多只能切成四分。我要分給四個最能代表青春的人。」

眾人之中，有人問道：

「請問，青春的定義是什麼？」

「有誰跟他有同樣問號在心裡的請舉手。」隱士答。

群眾裡三分之一的人都舉了手。隱士說：

「你們請回家去吧。因為你們連青春還不知道，吃了豆腐會死。」

於是，又有人問：

「有毒嗎？難吃嗎？副作用是什麼？」

「有同樣問題的人也請回去吧。沒有信仰，沒有義無反顧精神的人，吃了也是無效。」隱士說。

老的，不行。病的，也不行。因為粉紅豆腐只能「保持」青春卻不能「追回」青春。一個月後，隱士終於選定了四人——健康、美麗、智慧和快樂——對他們說：

「你們每個月吃一口，必須不間斷地耐心吃上十年才有效。在這十年裡，你們不得生育、成家且不得專情。你們可以去愛，但不可以被愛。如果誰接受了別人的愛，立刻老去。」

過了五年，健康因為夜半與偷竊粉紅豆腐的小賊格鬥，不幸身亡。粉紅豆腐一落入賊人之手，立即化成黑色的岩石。

過了八年，美麗在一場火災裡，為了搶救她的粉紅豆腐燒毀了半張臉。救火員把她送上救護車時，只見她手上緊握著一塊海綿樣的東西浸滿了血水。

過了十年，智慧上山來求見隱士。他說：

「大師，對不住得很。上次我下了山就把粉紅豆腐切成百塊，做了數千次的化驗，我現在只差百分之零點一的資料……」

「我已沒有其他的粉紅豆腐可以給你了。」隱士說。

智慧失望地笑了笑：「沒關係。我並不後悔。等我的兒子長大，他會發明的，我相信。」

又過了二十年，快樂由山下走來。他一見隱士，便由懷裡掏出一把手槍，槍口對著隱士，說：

「三十多年來，你的粉紅豆腐把我變成了花花公子。我失去了朋友，找不著真心相愛的人。別人都安祥的老去，只有我一個人獨自陷在玩世不恭的巫術裡。現在，我既厭膩又痛苦。」

隱士說：「你也可以選擇被愛，只要不怕老去。」

「可是，我現在的愛人這樣年輕。若我一夜之間忽然老了，她會怎麼想呢？我既不願失去她也不願自慚形穢地活著。你……你使我受苦。我回想起我以前的快樂，真恨。我恨你。」

一聲槍響，隱士倒地。臨終時，他說：

「……人人嚮往天堂，卻害怕死亡。孩子，粉紅豆腐只是誡命，並非救贖……」

在埋葬隱士的當兒，快樂頓悟了「肉體並沒有罪，它只是犧牲者」的道理，於是他做了深山裡第二位隱士。

——選自《喻麗清極短篇》（一九八八，爾雅）

賞析

〈粉紅豆腐〉是一則「永保青春」的寓言極短篇。

基本上，用會老的軀體，負載永遠不老的青春，根本不可能。篇中「粉紅豆腐」的靈藥，正說明青春鮮嫩易化、鬆軟易碎的特性，一不小心，立即化為烏有。正如造化弄人，一不小心，便形銷骨毀，失去「健康」，失去「美麗」，與青春絕緣。至於一直分析、研究粉紅豆腐的行徑，毫無「智慧」可言。真正「智慧」之士，當知「粉紅豆腐」只是個象徵。

事實上，最能與青春接軌的，當屬「快樂」。但永遠「不可以被愛」的快樂，「怕老去」的快樂，虛飄無根，焦慮難安，反成痛苦的深淵。隱士中槍倒地的臨終之言，指出「粉紅豆腐」只能用來點醒「永保青春」，原是有光沒有熱的象徵物，根本無法承擔，更無法救贖。

須知「愛」與「被愛」雙方真心交流，才是人間最大的救贖，才是精神上的「永保青春」。執是之故，縱然便宜的「家常豆腐」，只要兩人能關懷與分擔，同聲相應，吃在嘴裡，自是布衣暖，菜飯香，有汁有味；猶勝坐擁「粉紅豆腐」，鎮日患得患失。

作者

鍾玲

簡介

一九四五年生，美國威斯康辛大學比較文學博士。曾任教於美國紐約州立大學、香港大學、國立中山大學等。大學時期即在報紙發表作品，其後於小說、詩、散文、中西翻譯等亦多發揮，民國六十六年與電影導演胡金銓結婚後，撰寫《山中傳奇》電影劇本並參與電影製作。曾獲《聯合報》極短篇推薦獎、國家文藝獎。現任香港浸會大學文學院院長。著有《鍾鈴極短篇》、《大輪迴》、《生死冤家》等小說、散文、詩、論述集十餘冊。

攤

蕙姐在當歸湯的鍋裡加了水，心想，雖然過了十一點，今晚還可能做幾單生意。忽地她意識到有人瞪著她，抬起頭，一個男人在馬路對面朝她望。她楞了一下，自己明明是個沒有光彩的中年婦人，他為什麼盯她？況且這個男人很出眾，高高的個子，很少見穿這麼筆挺的西裝來逛夜市。大概他剛好站在那裡等人。

他竟越過馬路，來到她攤前坐下。她一抬頭，正遇上他凝望的眼睛。蕙姐張開雙唇，卻發不出聲。是他，雖然現在戴了眼鏡，那雙眼睛完全沒變，跟以前一般有神。他輕聲說：「我回來了，蕙子。」

她由頭到腳發起抖來。蕙子這稱呼，自從十年前爸媽葬身火窟，就沒有人叫了。他為什麼現在才回來？為什麼不在十年前，她需要他，清晨哭喊著他的名字醒來，那時候，為什麼連封信都沒有？驀地她注意到他的金絲眼鏡，他剪裁合身的西裝，而自己穿的是過時的舊衣服，眼角打了褶。時間不對了，這段哀怨只有再度埋起來。她已經不發抖了。她低聲說：「你……由日本回來了？」

「是，這一去就十五年。頭三年唸高中，把妳給我的錢都用完了。考進醫學院，半工半讀，生活太苦，所以就沒給妳寫信。等我畢了業出來做住院醫生，再寫信跟妳聯絡，又找不到妳了。沒想到妳們家變化這麼大！」

她黯然說：「那場火，把我們的家產全燒光了。」

「我都知道了，回來找妳找了半個月，終於找到你家木材場對面那個理髮師，他搬了四次家。他太太說妳在這裡擺了十年的攤，帶大了三個弟弟妹妹。蕙子，妳太辛苦了，我要妳過得舒服些。」

蕙姐一直望著他，她淒苦的臉上現出一絲微笑：這個男人全身上下都透著一股自信，不再是當年那個怯生生的木工學徒。她的眼光不錯。為了他的前途，應該第二次放他走，像十五年前放他一樣。於是她說：「那些錢你不必放在心上。弟弟妹妹現在都大了，現在我還過得去。」

他靜靜地看了她半晌，由上衣裡子的口袋中掏出一支筆給她，她下意識地接住，心想是要她寫地址罷。她聽見他說：「我不是來還錢，我來，是為了我們約定過。」

她攤開手，望著那支金光閃閃的派克鋼筆，不由自主地全身又發抖了……

「這筆給你，用它考個醫科博士！」蕙子嬌聲說。

他伸出雙手輕輕擁住她雙肩，用他的額頭貼向她的：「我捨不得用，等我回來娶了妳再用。」……

蕙姐伏在攤上哭了，他走過來，伸手按上她的肩。

——選自《大輪迴》（一九九八，九歌）

賞析

情之一字，所以維繫乾坤；義之一字，所以貞定人性。有情有義，才能踏過世紀的冰河，走向溫暖的晴光。

蕙子與當年木工學徒的故事，最常見的模式是「現代陳世美」，追求榮華富貴，拋棄糟糠之妻；如今炙手可熱的醫科博士，忘卻當年約定，另娶美嬌娘，坐擁豪宅，眼睛根本長在頭頂上。見證了世態炎涼，忘恩負義，今古相同，毫無二致。

然而，對有情有義的熱血青年而言，「一腔熱血，只賣給識貨的」，蕙子能無視自己當年卑微，賞識自己力爭上游，此中情義，涓滴在心，當思湧泉以報。

或許，看慣了太多「背叛」的事例，對於心念舊恩，堅持誓約，情逾金石的故事，視若天方夜譚。但人性之可貴，正在於曖曖含光，展現其高貴的品質。

蓮花水色

在朝鮮的深山裡，這座不大不小的無相寺，自從列為「國寶」之後，香火旺了起來，國際觀光客絡繹不絕，連來此剃度的弟子也大增。

流雲和尚自幼就在無相寺出家，在廟裡已經三十多年了。現在他任廟裡的監學師，遠近都傳說他得老住持真傳。一雙清澈的眼睛，令人見而忘俗。最奇特的是他容貌豐潤，活像畫裡的唐三藏，俊美如二十許人，其實他已年逾四十了。眾僧都認為這是流雲童身修練所致，對他更佩服得五體投地。

流雲除了每天講一個鐘頭經，其餘時間都打坐靜修。他可真是心無點塵。後院僧舍前立著兩座浮屠石塔，不時有金髮碧眼，露肩露背，著極短熱褲的觀光女客，闖進來拍照。年輕的和尚，個個正打著坐，都忍不住張大眼睛，好奇地瞪住這些眩目的形體。但是她們對流雲起不了一絲作用，他依然寶相莊嚴地入他的定。甚至有一次，廟裡來了位白白嫩嫩的女工程師，她是文物保管局派來的國寶維修隊成員之一。她的聲音清脆得像琵琶，穿著繃緊的牛仔褲，穿堂入室在僧舍之中，到處丈量。眾僧的心弦，像被潔白光潤的手指撩撥著，發出急促的音符。只有流雲，他剛焚完香，女工程師跟著維修隊員進入他僧房中，她翹著臀部看測量儀器，流雲掃了她一眼，就像掃一眼山石，掃一眼枯樹，盤膝坐下，旋即入定了。

可是流雲終於與他的孽緣遇合了。

那天他清早上茅房，方解開褲帶，往坑上蹲去，忽然聽見隔壁茅房一陣輕悄的足音，他想：什麼野生動物竟然鑽進茅房裡去?再一想，不禁恍然大悟，隔壁是為女香客增設的茅房。沒想到有這麼早到的香客。

他出了茅房走上斜坡，望見前面坡上有個女人，穿著白衣藍裙，一頭秀髮，又黑又直，長及大腿。她飄動的長髮，令流雲聯想到深山中那座黑色的瀑布。有一個黃昏，流雲在山中遇雨，走過一座三丈高的細長瀑布，在暮色中閃著烏光。他乾脆不避雨，就在這座瀑布前打坐，任雨淋水濺。等他睜開眼，耀目的陽光，射著瀑布的水花，大瀑布已變成細流，他的僧衣也已經乾了，整個人內外舒泰已極，他竟入定了二十多個鐘頭。

流雲走進松林之中，每天早上他都到這兒來盥洗。眾僧不來這裡，因為後院的水槽近很多，而且現代化，是水泥造的，還有水龍頭。松林中的水槽古樸之至，是整塊大樹幹鑿出來的，比一口棺材還要長，水是用竹節引來的山泉。每早流雲盥洗的時候，先用木瓢舀一瓢水，輕輕地，以免擾動水面，他不願意擾動水中的樹影和藍天，倒影比現實世界還要寧靜，還要空靈。

流雲用手抹去臉上的水珠，忽然他瞥見水槽中竟長出一朵白蓮，亭亭立在藍天之中，那裡有這種怪事？他趕快抹去眼角的水珠，原來不是蓮花，是一張臉的倒影，一張美麗的臉。她立在水槽對面，瞪著一雙明亮的、斜飛的眼睛望著他。流雲合什低頭說：「施主，早。」

她沒答腔，也沒有微笑，只輕而有韻地點了點頭，然後用手指了指他身邊石上的木水瓢。

流雲把水瓢遞了給她。她輕輕地舀一瓢水，在水槽外，用瓢中水沖自己的手。流雲讚賞地望著她，因為她也能愛惜這清冽的水，所以不直接伸手在槽中洗手，以免污染了水槽。她又舀一瓢水，低下頭去喝。黑髮由她背後，瀑布地瀉到胸前，髮梢在水面上引起陣陣漣漪。她喝完水，抬頭對流雲一笑，然後把瓢遞回來，有意無意間，她的指尖拂到流雲的手。他感到一陣舒暢。有次攀一座高峰，一陣雜著花香的濃霧，拂在他臉上，就類似這種感覺，可是遠遠不及這次強烈。可憐的流雲，不知道自己已陷入孽障之中，因為他從來沒有感受過情慾。流雲滿懷善意地對她說：「這水很清甜，是不是？」

她靦腆地笑了笑，用手指了指她的耳朵，再擺一擺手，然後禮貌地對他彎了彎身子，回頭走了。流雲不明白她的意思，楞在那裡，呆望著她的背影。過了一陣子才悟出她不是本國人，所以當然聽不懂自己的話。那麼她是日本人，還是中國人呢？烏溜溜的長髮擺動著，在松林中掩掩映映，終於消失了。

那天晚上，他打坐的時候，腦海中出現一朵朵白色的蓮花。由黑色的瀑布上滑下來，消失在潭心的漩渦之中。忽然她的臉夾在蓮花中浮現，岌岌可危地沖下瀑布，他急忙拿著木瓢去舀她的臉，可是怎麼伸手都搆不著。她美麗的臉終於沖進漩渦中失蹤了。他抖擻精神，盯住瀑布上湧出來的花朵，等她的臉再度出現，但每次他都救不到她。而且她每次出現臉上表情都不一樣。她的笑容令他歡喜，她的愁容令他心焦，她的情慾令他焚燒，但他總觸不到她。

天微明時，那口宋朝由中國運來的古鐘敲響之際，流雲斜著身子，橫在蒲團上，窗外的曙色照著他的臉，臉上出現縱橫如阡陌的紋路，一夜之間，他衰老了二十年。

——選自《鍾玲極短篇》（一九八七，爾雅）

賞析

〈蓮花水色〉凝視情慾的巨大漩渦，陷溺於起心動念的無垠黑洞。

「無相寺」的高僧「流雲」，終於無法「無人相」、「無我相」，終於由空中墜落凡塵，遇上生命中的雨季，禪心沾泥。

「蓮花」與「美麗的臉」的重疊，視覺經驗的美感恍惚，撼動流雲入定的心。於是，黏沾閃神，流雲墜入「求不得，苦」的無盡深淵；生活完全失重，如置身情慾的火焰山。於是，在憂能傷人、焦慮逼人枯槁的「情意結」裡，流雲打上了死結，一夜間加速老化。

這樣的快速衰老，如伍子胥過昭關，一夜白頭，在在映射心理掙扎、錯亂、忽忽如狂的真實強度。是「朝如青絲暮成雪」的時空壓縮，更是「坐愁紅顏老」的無法自拔。

最後，就極短篇的精簡藝術而言，文中第四段「可是流雲終於與他的孽緣遇合了」，第十段中「可憐的流雲，不知道自己已陷入孽障之中，因為他從來沒有感受過情慾」，直接點出主題，可以考慮刪去；藉以召喚讀者，自行領會。

溫小平

簡介

一九四八年生，銘傳商專畢業，曾任「新女性」雜誌總編輯。曾獲中華日報中華文學獎、《聯合報》極短篇小說獎、中興文藝獎。現專事寫作、主持佳音電台廣播節目。著有《小龍的週記》、《失去子宮的女人》、《世界變得更美麗》、《美少女啦啦隊》等小說、散文、兒童文學，近八十冊。

婚約

在婚禮前三天，她突然宣布解除婚約。

他和她在親友眼中稱得上郎才女貌，感情基礎也相當穩固，誰也不曉得箇中緣由，準新郎更是快急瘋了，四處找尋她的下落。他不只是丟不起這個臉，而是他的愛已如盤根錯節的榕樹，怎麼也無法拔除淨盡。

她當然也清楚，錯過了他，今生不會再遇到更好的。

他倆第一次碰面是在一項青少年讀物的審查會，她費盡心血蒐集資料的作品，被學者專家批評得體無完膚，幾無招架之力，而他仗義執言，認為作品的好壞，應由讀者來評定，她遙遙地送給他一個感激的眼神。

會後，有人爭相載送教授，而她卻站在酷暑中，攔不到一輛計程車。他適時在她身後出現，雖然開的是一輛老爺的喜美車，她卻心滿意足。

她始終記得他的開場白是：「說實話，妳的作品中，幻想的色彩的確濃了些，就像一杯苦咖啡，如果能加點冰糖、攙點奶精會更可口。」

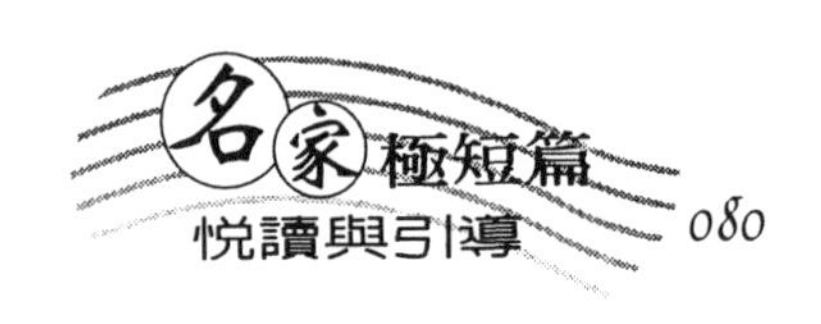

「幻想有什麼不好，這年頭大家都太講實用性，變得一點都不可愛了，你能否認我們的童年不是在神話、童話和夜譚中度過的？」她毫不客氣地回頂過去，未料他卻歡喜接招，毫無怒容。

她跟他的來往就如同她的作品，充滿了幻想和色彩。

在看電影、散步、郊遊的連串約會中，他展現了他多情浪漫的一面，輕輕握著她手，把心跳藉著掌間的濡濕傳遞，在美術館前的石階上，要求她答允他參與她的未來。她望著樹枝光禿得像一群群裸男裸女，聯想起伊甸園中的亞當、夏娃，知道自己終究要停泊在某個港灣。

他在婚宴中喝自己杯中的茶，喝她杯中的酒，不斷提醒自己不能醉，他晚上還要在香奈爾香水製造的氛圍中佔有她的軀體。而她也明白，他選擇的床上姿勢一定也是常見的，然後她會流血、會痛、會微皺起眉頭迎合他的英雄慾。

精子和卵子來電後兩百八十天，她做了媽媽。懷孕期間，她不可免地變得臃腫、紅鼻頭、靜脈曲張，增重二十公斤。陸續生下一兒一女後，兩人都很滿意兒子像他，女兒似她的結晶。

逐漸地，他的事業發達，誘惑如夏天的颱風，他有了外遇。她夜夜在家裡癡等，從鳳凰花開等到梧桐葉落，她的頭髮也禿了。

他終於倦鳥知返，牙齒不全、糖尿病、高血壓、攝護腺炎纏身，她宛如撿破爛的人，計算著他的剩餘價值。

在一個雷電交加的夜晚，他停止了心跳，掌心不再濡濕，她趁他身體僵硬前，替他換妥乾淨衣物。

靈堂裡布滿了各式花圈，家祭前，有個女人領著孩子來哭鬧，想要分遺產。她慷慨地把未亡人的身分送給這個女人，包括他的棺材在內。

她不稀罕這樣的伴侶，徹底明白自己一個人也可以過得很好。

運用她豐富的想像力，在十分鐘內就把婚姻走了一遭，她幹嘛還要以身試婚?!

——選自《收・放・愛・情》（一九九二，培根）

賞析

解除婚約的理由有上千種，而本篇女主角的理由最另類：預知婚姻紀事。

經由「虛擬」未來婚姻「實境」，她看到婚姻由浪漫到現實，從形而上的漫步雲端到形而下的斑斑血淚，從溫馨家庭劇到一場難堪的鬧劇。於是藉由「十分鐘」的「示現」，透過栩栩如生的「觀想」，她決定不再「入乎其內」，走入婚姻枷鎖；而以「出乎其外」的「看透」，飄然遠舉，成為快樂的單身貴族，實踐自己的「婚姻宣言」：與其擁有，不如「想」有。

只是這樣的「想」有，終究是預設的「虛擬」。問題是「虛擬」可以等同真實？示現的體會，可以取代自己親自走一趟的真實悸動？「沙盤演練」終究與真實情境「隔」了一層。而這樣的抉擇，是不是自己潛意識憂懼的折射？

最後，對此「虛擬實境」寫法有興趣者，可參看鄒敦怜〈一種遊戲〉（《鄒敦怜極短篇》）。

安排

古婆婆的午後是冗長窒悶的。

早上洗衣晾衣偶爾下樓買點菜還好挨，一過中午，她就煩透死賴著不下山的太陽。屋裡熱，她不敢開冷氣，省得媳婦回家查電錶後臭一張臉。她多半坐在面東陽臺的搖椅上，搖啊搖的，穿過鐵窗空格瞧對門公寓各戶舉動，勉強消磨時間。有時斜靠搖椅迷糊睡著，還真擔心就這麼睡過去。其實她想睡過去倒好，沒痛沒苦，不像古爺爺，輾轉哀叫，被癌細胞把骨頭都嚙空了。

古婆婆年輕時，哪有這種閒功夫，她每天忙煮飯洗衣刷地管教孩子，看孩子在飯桌上狼吞虎嚥，看他們長得快頂到門框，看他們各自成家。加拿大的、紐西蘭的孫子遙遠抱不到，台北的兒子偏不愛生，什麼含飴弄孫，簡直就是上世紀的神話。她總不能把媳婦敲昏了，硬要兒子播種。哪像她以前逆來順受一個個地生，古爺爺何嘗問過她要不要?反正生孩子養孩子她拿手，孩子一大，她就不知幹什麼好!古爺爺在世時還曾帶她出國見世面，但她腿沒勁走不動，記性又差，兒媳問她遊過那些地方，她說怕摔跤顧著

看地看階梯，什麼也沒見著，把古爺爺氣得半死。

媳婦笑她是年輕時沒培養嗜好，老來才會無聊，勸她去學插花。那多浪費，一兩百元插盆花，還要繳學費，兩三天就凋謝，倒不如買盆栽。前些時，朋友送過幾盆長壽花、繡球花的，花尚未開完，因她怕托盤積水養蚊子染登革熱，沒敢多澆水，被活活乾死。她啊就是跟花草沒緣，就連仙人掌也給她淹死過。

兒子則建議她到公園走走，交幾個年齡相當的朋友，或是跳舞練拳的。她瞧著那些七老八十還塗口紅抹白粉的女人就倒胃口，是要勾引男人嗎？光天化日下扭腰擺臀，多丟人哪！要她舞劍，又不殺人，練劍幹嘛！打太極掌，慢吞吞的磨死人。外丹功，渾身抖啊抖的，像打擺子，不給人當瘋子才怪。

只剩看電視，偏偏連她最愛的連續劇，她看了也打瞌睡，好幾回被夜歸的兒子叫醒，喊她上床，她卻又睡不著了，眼前全是媳婦嫌她開電視又不看白費電的表情，人生走到這一步，還有什麼樂趣。

樓下大門碰地關上，她甭看也曉得是隔壁萬老頭跟他的寶貝狼狗來喜去慢跑了，他長得又黑又瘦，跟非洲飢民似的，還愛打赤膊炫耀，那一臉皺紋，跟亂刀砍過般，真醜。不似古爺爺昔時的豐潤。氣她的是，連萬老頭都笑她不懂安排時間，整天像坐監似的在三樓陽台上發傻。兒女全在美國，老婆已去世的他養狗又養鳥，也不怕狗把鳥吃了，還養好幾隻怪聲怪氣的大老鷹，糞便和叫聲不時惹鄰居抗議，他照樣我行我素，說他就這麼點嗜好，不容剝奪。

媳婦有回竟開她玩笑，說她倒適合嫁給萬老頭，兩人做對老伴。呸！呸！她都七十六，給人聽了以為她少不得男人。莫非媳婦嫌她同住礙眼？兒子不但沒責備媳婦，還起鬨說是好主意，兩人笑成一堆，火得她三夜沒睡穩。

天都黑了，兒媳照老樣仍未歸，理直氣壯地學電腦、美術設計，說是為老年鋪路，免得像她一樣。還不是怕煮飯的藉口。幸好古爺爺有先見之明，把退休金存她名下，否則冰箱裡每天那幾根爛青菜，凍了好幾個月的肉，她不活活餓死才怪。這年頭長命百歲倒真成了「禍害」似的。

正想煮碗速食麵隨意吃，門鈴乍響，兒媳懶得連掏鑰匙都嫌煩。她起身去開門，竟是萬老頭，手上拿封信，該不是情書吧，她想關上門不理他，他卻揚揚信說：「妳今天沒下樓吧？你們信箱有妳一封信，我順便替妳拿了。」

她沒開鐵門，從鐵條間隙接過信，說聲謝謝，關上大門，摸索進客廳，開燈，找老花眼鏡。

是養老院通知她有個單人房的缺額，請她即刻辦手續遷入。她朝著櫃上古爺爺照片淒涼撇嘴，這算是她唯一替自己做的安排吧！

——選自《月光下洗澡》（一九八九，晨星）

賞析

在高齡化的社會，銀髮族要學會生涯規劃（包括「生前契約」），不要活成累贅，活成別人（小孩）的負擔。

一生「乖乖牌」的古婆婆，一旦老伴過逝，素來沒有主見、沒有嗜好、更無再嫁興致的她，頓時生活失去重心，不知何去何從。面對「閒得發慌」的日子，與避免「老來顧人怨」的心理，古婆婆終於化被動為主動，踏出「自我做主」的第一步，跳出「三從」（從父、從夫、從子）的傳統箍咒，安排自己的未來，綻放出一朵辛酸的微笑。畢竟這樣「安排」，出自自己「自由意志」。不像有些人，到了七老八十，連住進養老院都非心甘情願。

篇中，古婆婆經由覺醒的「反轉」，讓自己由一顆傀儡式的棋子，變成主動出擊的棋手，在桑榆晚年，贏得一絲絲尊嚴。然若自「驟升」（擴大）的角度，來看「安排」涵義，則不管是老、中、青三代，每個人都是「時間」手下的一顆棋子，逃不過「命運」的「安排」。

作者

渡也

簡介

一九五三年生，本名陳啓佑。文化大學中文博士。曾獲教育部青年研究著作發明獎、《聯合報》短篇小說獎、《中國時報》敘事詩獎、中興文藝獎章、中華文學獎、《中央日報》百萬徵文首獎、全國學生文學獎、《民生報》兒童詩獎、全國大學暨獨立學院教學特優教師獎等。現任彰化師大國文系、所教授。著有《永遠的蝴蝶》、《手套與愛》、《新詩補給站》等散文、詩、評論集二十餘冊。

反光

都已十一點多了，他還在院子修理那輛腳踏車，細心將反光貼紙貼在車前車後橫桿上。車身傷痕累累，據說是大卡車的傑作。

女兒剛上國一，前幾天才特地送她到學校，認識新環境，啊，一個全新的夢。昨天又送她一趟，但不是送到校園，是到殯儀館。昨晚八點，和她約法三章晚上最好莫騎車出門，如果非騎不可，也得等車子貼上反光貼紙才成。他尚且強調他會儘快買回貼紙，女兒微笑點頭。

「遵命！老爸！」

誰知道她竟偷溜出去，去附近金玉堂文具批發店，買了兩種貼紙：大紅色和金黃色，都散落在地，閃爍著亮光。啊，他的天使竟睡在馬路上，頭顱像破裂的蛋殼，流出一攤猩紅稠黏的液體。她身上沒有貼反光貼紙，無法發光，永遠不能發光了。還沒交男朋友，F4演唱會還沒聽，新買的P4電腦尚未啟用，就一片漆黑了。

妻坐在客廳，已一整天未開口。而他一個人還在漆黑無邊的庭院，依照約定，將反光貼紙牢牢貼在車身。

——選自二〇〇二年三月六日《聯合報》副刊

賞析

生命中最難堪的反諷是：欲避反趨，事與願違。篇中老爸已小心翼翼耳提面命要女兒騎車小心，車身貼上反光貼紙。然而，只因為女兒「偷溜出去買」，反而禍生不測，成為大卡車下亡魂。「大紅色」、「金黃色」的暖色系列貼紙，竟然將女兒送上「漆黑」的國度。

結尾，老爸「依照約定，將反光貼紙牢牢貼在車身」，無疑亦將貼在自己一生無法痊癒的傷口上，想到就隱隱作痛：該怪自己太小心？該怪女兒等不及？該怪大卡車司機開太快？……

其實，若該怪，應怪黑色的風，倏忽無端，狂吹猛襲，令人手足無措。而渡也的極短篇佳作（如〈永遠的蝴蝶〉），往往有這麼一個隱藏的角色，他的名字叫「無常」，亦叫「命運」。讀者稍用心，一定可以發現。

阿仁的晚餐

上第六道菜時，焦急的電話在客廳牆角突然拚命喊叫，公公說八成是大兒子阿仁打回來的，一邊示意大媳婦去接電話，一邊抱怨他這個兒子老是不守時，到現在竟然還沒見到半個人影。

「喂！喂！是劉公館嗎？喂？」

「是啊，有什麼貴事呢？」

「我是——中山分局副局長，事情是這樣的，剛才，中山北路發生連環車禍。」

「喔——」

「有一位叫劉清仁的機車騎士當場死亡了，我們從他身上搜到身分證和名片，立刻打電話來，請妳叫他家人馬上來分局一趟……喂，妳是他的什麼人呢？喂……」

沒等對手把話說完，她已掛斷電話了。她在電話旁默立一分鐘，彷彿默立一輩子哪。她的眉間出現一個結。

今天大姨媽打老遠的日本回來，這幾年好難得見她一面，婆婆還特地擺兩桌酒席為她洗塵。祖父母、二姨媽、舅舅、舅媽等親戚全會聚一堂。為什麼大姨媽歡天喜地從老遠趕來，阿仁卻默默無言趕到更遠的地方去呢。這麼湊巧哪，都挑上這個日子。

她在親戚們的談笑聲中悄悄回到餐桌。公公還在抱怨阿仁。婆婆問她阿仁在電話中怎麼說呢，年輕的她帶著微笑緩緩回答婆婆：

「阿仁說他馬上趕回來吃晚飯。」

——選自《永遠的蝴蝶》（一九八〇，聯經）

賞析

本篇藉由客觀「呈現」（Show），形成戲劇性張力。

通過巨大落差的對比，應該是阿仁打電話回來，結果是死亡噩耗；應該是團聚喜事，竟成死別喪事（「為什麼大姨媽歡天喜地從老遠趕來，阿仁卻默默無言趕到更遠的地方去呢」）；她應該當場呼天搶地，居然強顏歡笑撒謊；在在形成令人扼腕的反諷。

結尾大媳婦的「超常演出」，似違背情理；然細繹「大媳婦」她的心理，不忍破壞當場歡樂氣氛，卻又是人性之常。起碼讓親戚、長輩能快快樂樂吃完這頓晚餐再說吧！

「年輕的她」這樣的拿捏、用心，可謂用心良苦。大凡持家「懂事」的「大媳婦」，往往人前歡笑，內心滴血，真是「難為」。

路平（平路）

簡介

一九五三年生，本名路平，平路為筆名，出生於高雄。台灣大學心理系畢業，美國愛荷華大學數理統計碩士。小說家，專欄作家，文字散見報章雜誌。關心面向及於社會、文化、性別、人權等議題。小說作品長篇《何日君再來》、《行道天涯》、《椿哥》，短篇小說集《玉米田之死》、《百齡箋》、《紅塵五注》、《禁書啓示錄》、《凝脂溫泉》等。另著有散文集《我凝視》、《巫婆之七味湯》等，評論集《非沙文主義》、《在世界裡遊戲》、《女人權利》、《愛情女人》等。

愛情屋

他不喜歡那種現成的洋樓，顯得匠氣。由於職業的方便，他親自負責這棟房子的設計，直到落成為止。

他也不喜歡那些俗豔的色彩，假兮兮的。為了別出心裁，他規劃的房子底層有一圈白色的迴廊。夏夜涼風習習，想像中，他的妻子便可以坐在迴廊的搖椅上，水溶溶的月色，就順著她白皙、覆了些絨毛的後頸流瀉下來。

透過迴廊的紗門朝屋裡張望，是塊吃早餐的地方。他猜測妻子會選一隻橢圓形的木桌，鋪著花格子檯布，中央還插束純白的雛菊。四周也將擺上雛菊圖案的餐具？想著，他嚥了口唾液，碟子裡，好像飄起了蛋煎吐司的香味。

再往內，是設計圖上特意為妻子加大了尺寸的廚房，裡面應該會裝有伸縮龍頭的洗濯槽、與碗櫃同式的流理台……，還多添了幾處放置瓶瓶罐罐的空間。妻子喜歡烹飪，牆上將來要釘著擱調味料的轉盤與擺食譜的框架，巧妙的是，都安裝在妻子隨手可以拿到的位置。

櫸木的樓梯隔開，廚房另一面就是起居室：他費心挑的材料，壁爐看起來像大理石砌的一般厚重。今年入冬第一次生火，他努力去想像妻子驚喜的表情。到時候，妻子或許將不敢置信地盯住爐火，熊熊的炭氣薰著，妻子那張白淨的面孔，抹了胭脂似的。

樓上才是主臥室，他為妻子設想得格外周到：落地的穿衣鏡、走進去寬衣的小套房……他本來就一心要討妻子歡喜嘛！他準備貼上素面的壁紙，又怕選錯了花樣，室內裝潢的細節，他想，還是留待妻子自己慢慢去斟酌好了。

臥房有好幾扇窗戶，他想著妻子不落俗套的眼光，窗格子上，他彷彿看見……垂下了一綹一綹織花的帷幔。微風拂過，白緞的穗子翻飛到窗外……啊，好不蹁躚。現在家裡的窗帘，妻子堅持由她親手縫製，選的是杏黃的泡泡紗，布不夠長，下襬滾著一節同樣色系的荷葉花邊。

根據設計圖，新房子最別緻的，還是樓頂有一角菱形的天窗。晴時，光線從天窗灑向地板，亮晃晃的，彷彿錯落了幾盞水晶燈花。雨天，水珠一顆顆砸碎在玻璃上。此後漫長的歲月裡，他可以想像妻子聽著雨聲凝思的眼神。

他的妻子本是個很懂得生活情趣的女人，儘管他們住的環境一直不理想：雙拼的公寓、擠在嘈雜的巷弄裡。摸黑爬三層髒兮兮的樓梯，推開了門，才是他們一塵不染的小天地——

屋子小，建材也太舊了，浴室內的瓷磚裂出幾條斷紋。妻子常常跪在地下，刷洗藏有汙垢的隙縫。他望著，心裡好一陣不忍——那麼細瘦的身子——又經常腰疼。這一回，「主浴室用附贈超音波按摩浴缸。」唸著公司印製的契約書，他想妻子可以慵懶地躺在浴缸內，半晌，才從肥皂泡裡伸出一隻柔軟、泛著波光的粉臂。

他們是恩愛逾恆的夫妻。這棟房子，原是兩人結婚就開始編織的夢想：攢夠了錢，他們要有個獨門獨戶的家，與別的房子都不一樣，因為是男人自己繪製的圖樣。

營造公司做職員的他，近幾年，替客戶畫了不少幅設計圖，也監督工人拼裝成了好幾幢樣品屋。薪水雖然拿的還可以，但他是長子，要供弟弟妹妹們深造，額外的開支總是不斷。幾年來，夢想歸夢想，他始終沒辦法送給妻子一棟親手設計的房子。

也是求好心切的緣故，他要規劃一個最理想的、代表他心意的造型。「愛戀終生，這是你真情唯一的保證。」他想到公司的促銷廣告那麼說的。

如今他抬起頭，望著依然毫無怨色的妻子，鏡框裡的妻子正眼睜睜地——看他親手把這幢落成的宅邸捧進火裡！

娘家人在守靈時候裏的錠銀燒成了灰。點燃的建材，好像爆竹，焰光中發出噼啪的響聲。

——選自《紅塵五注》（一九九八，聯合文學）

賞析

〈愛情屋〉是極短篇的〈遣悲懷〉。元稹以「惟將終日長開眼，報答平生未展眉」，述說悼念亡妻的悲情，本篇男主角則以親手製作的「樣品屋」，兜出對亡妻的歉疚與補償。

全篇前半，熱鬧開展，充分表現男主角的體貼與用心。經由新屋設計的構置，經由示現懸想，揭示理想的愛巢，洋溢「sweet home」的歌聲。然而，情隨境轉，後半開高走低，結尾形成「敘述對象」的意外，也逼出男主角無法給亡妻「舒適居家」的落寞。

誠然，死者已矣。也許有人說，再怎麼精緻美麗的「樣品屋」，也是在金紙銀箔中付之一炬，於事無補。然就「事死如事生」的延伸心理而言，總是一份「來不及生前兌現」的情意。這份由虧欠延伸的情意，絕對比買現成的「紙洋房」，來得更殷切深刻。

青春

出國那年十八歲。她十八歲的青春，就留在巷口那家小照相館的櫥窗裡。

出國的情由，緣起於櫥窗內那張巧笑倩兮的黑白照，熱心的媒人輾轉寄到那邊，對方一眼便看中了。當年，工作與升學皆無著落的她搭上班機，從此奔赴一個未知的將來。

據說，後來她那幀相片為小照相館招徠過不少顧客。直等到矮窄的店面起了大廈，而小照相館成為「結婚廣場」的時候，櫥窗裡才換上別人一幅鳳冠霞帔的立體照。

大廈落成之後又數年，她與她胼手胝足的丈夫總算掙得那張汪著水藍色光澤的綠卡。他們有了進出居留地的權利，方才回來睽違已久的家園。站在「結婚廣場」閃金的拱門前方，這一霎，照片裡的新人幸福地嬌笑著。隔一層落地的玻璃，她低下頭，想的是自己那場寒儉異常的婚禮。

自己青春、自己憐惜——想到十八歲的青春，她再也沉不住氣。時差尚未適應過來，便自作主張排定下吉日。

攝影棚裡，背景隨時是巴黎紐約義大利。今年的新娘紗流行米蘭的款式：低胸、蓬袖、長花邊、配一把鏤紗的小洋傘。繳定金的時候，一件一件婚紗在她眼前逐一展示著……

佳期如夢，兩個星期之後，預約的好日子終於到了：她一大早就坐進攝影棚附設的美容院。眾位美容師的簇擁下，她有些羞慚地伸出指甲縫裡藏著油垢的手。這一刻，浸在溫熱的肥皂沫中，波光下的那雙手依稀細軟而且美麗。

「小姐，玫瑰色好。」說著，修指甲的五號便撿起一瓶艷色的蔻丹，送到她面前。她點頭，浮在眼前的是那道招牌菜「茄汁龍蝦」……她陪過笑臉、斜側身子，她的手指併攏在一起——向著餐桌上幾堆混合了口水與牙穢的鮮紅甲殼——穩準地扒掃過去。

驀地一陣薰風，朝她面頰上暖暖吹拂著。那是蒸氣的水霧，為了放大毛孔，吸出內裡的脂油。她闔起眼，輕舒額上的皺紋。這朦朧的霎間，她彷彿聽見廚房裡那台發出巨響的抽油煙機。

「用過磨砂紙，下一步是營養敷面。」隨著手底的動作，美容師殷殷為她解說。她偷眼望向平臥在另一張躺椅上的丈夫：做過臉之後，男人那張坑坑凹凹的面孔果然泛著鮮嫩的肉色，鼻梁兩側卻冒出許多赤紫的小疱。她一時記起抽油煙機底下那口翻湧焦渣的鍋爐。

紅袖添香，多情的才子援筆坐在那裡；燦亮的水銀燈下，她躬身，曲起研墨的手，身上的環珮一陣叮噹。而這套鑲金繡銀的小鳳仙裝，卻讓她遙遙想著壓克力的畫棟雕樑，塑膠的價目牌與啤酒看板之間，垂掛著兩盞中國宮燈，裝點出紅燭昏羅帳下的旖旎情狀：那一晚，醉酒的食客趁付帳工夫，伸出絨毛的長胳臂在她胸前又掐又摸。

內景、外景，古裝劇、時代劇，歐洲大陸之後，他們進入英倫三島：那裡，兩人是白金漢宮之前的查理與黛安娜，她有幸做他的大婚佳耦。

從正午拍到深夜，各種場景下的婚禮他們一一演練完成。

數日之後，選相片的過程又是煞費周章。其中一幅側影照，老闆說，比他櫥窗裡掛的那幀更具招徠性，放大裝框之後將擺進落地玻璃內，取代已嫌呆板的鳳冠麗人。

她捧著相簿坐上飛機。

一路上，她想的還是家鄉的巷弄，從此常有她如花的笑靨——在那家「結婚廣場」的巨幅相框裡面。

她捧著照相簿回來上班。

「哎喲！那是誰！」黑領花的領班瞪著相片說。

「哇！傅娟，新娘紗的傅娟。」管收銀機的老闆娘戴上金邊眼鏡，激動地大聲嚷嚷。

吧檯老吳一旁湊過臉來，儘管他去國已久，來不及熟識任何年輕的明星。嘈雜的聲音裡，這個瞬間，沒有人覺得這本相簿——與穿梭在桌位間的她、或守候油鍋的她男人——有什麼干係。

帷幔深垂的中國餐廳裡，她黯然想起地球另一面的陽光……她想到巷子口那家蓋起高樓的照相館，不，叫作「結婚廣場」，玻璃內那張大照片的彩色褪了，相框裡升起白花花的太陽。

賞析

羅龍治道：「青春就像香袋中的香氣，不管你把香袋抱得多緊，香氣還是會漸漸消散的」（《雲水之緣．我的舞姿》），正好可作為本篇〈青春〉的注腳。

在時間推移中，「春不能朱鏡裡顏」，金錢更不能買回青春年少的亮麗。唯一能擁有的，是令人驚懼的須臾變易，是由昔至今的星移光影。篇中藉由種種對比（「小照相館」、「結婚廣場」，「巧笑倩兮的黑白照」、「各種場景下的婚禮」），一圓衣錦還鄉、富貴氣象的美夢。

這樣的美夢，彌補當年婚禮「寒儉異常」的缺憾，營造出郎才女貌（「紅袖添香，多情的才子援筆坐在那裡」）珠聯璧合的幸福美滿，自是人性之常，無可厚非。然而，最大的嘲弄是，竟然忙了老半天，沒有人認出相簿中的新娘、新郎，正是她與她男人。

似此今非昔比、事與願違的反諷，確實讓人在哭笑不得中深嚐生命的原味：在空間飄泊中，湧動時間推移的滄桑。

陳幸蕙

簡介

一九五三年生，台大中研所碩士。曾獲全國年度散文大競賽優勝、文豪小說獎、中山文藝獎散文獎、《中國時報》文學獎、《中央日報》文學獎、梁實秋文學獎，十三屆十大傑出女青年。現專事寫作。著有《陳幸蕙極短篇》、《昨夜星辰》、《把愛還諸天地》、《青少年的四個大夢》、《以一整座銀杏林相贈》、《悅讀余光中——詩卷》等小說、散文、論述集，計三十餘冊。

墮落的格局

「母親一直是很敬業的體重觀察家。」

吞噬了一整塊奶油蛋糕之後，他說。

「小時候家裡每個房間都有磅秤，每天早、午、晚，臨睡前，運動後，或任何母親想測知自己體重的時刻，她都會脫掉全身衣服，輕倩地登臨那計算她美麗的測量器，去重溫自己『淨重』的數字。當然——」

繼續嚥下半杯巨無霸巧克力奶昔，又啃了一大口潛艇三明治之後，他娓娓敘述：

「她也是到處捕捉鏡子，並追逐任何可以映照她形象的反光體的女人。她一生最大的恐懼便是身材崩潰，因此母親非常厭惡脂肪太多的東西——我想，母親不喜歡我，大概跟我自小就一直肥胖有關吧？」

奶昔空杯丟入垃圾桶，他復起身從冰箱取出整盒芋泥甜甜圈，一張口就塞進一只。

「母親去世的時候，有很明顯的厭食症傾向。——至於我嘛，失業、失落愛情、失去一切包括母親之後，幸運的是，我畢竟不曾失去食物以及食物帶給我的幸福感。嘿，你看我們這對母子各在飲食失控的兩端，倒很平衡不是?……」

當我又想起那半隻尚未吃完的脆皮烤鴨，以及五公升裝的黑胡桃冰淇淋時，我終於看見了他龐大、慈祥、無所不在的代母的影子。

而在浩瀚無邊的食物的溺愛裡，我也戰慄驚恐地同時發現了毀滅與幸福這對孿生兄弟的存在。

——選自《陳幸蕙極短篇》（一九九〇，爾雅）

賞析

本篇藉由生者（兒子）的敘述，交代出死者（母親）的對比行徑，形成尖銳反諷，並映現弔詭的理蘊。

一生雕塑身材的母親，卻養出暴飲暴食的肥胖小孩。似此矛盾組合，正透顯母親的心結：既然小孩形相讓自己失望，就隨他去吧！就當養一頭豬吧！於是母親只提供「物質」，不提供「精神」。而肥胖的他，也在自暴自棄中，以口腹之慾，「補償」自己的欠缺（失業、失戀、失去母愛），共同營造出荒謬的畫面。而「厭食症」與「暴食症」的「平衡」組合，只不過是「相互隸屬而各自孤獨」的表相和諧。

原來，肥胖兒子口中的「幸福感」，是自身形而下的沉淪，亦是母親「溫柔的謀殺」（「溺愛」同義詞）。這樣的「幸福」，通向內心的空虛，通向精神的傾頹，令人扼腕慨嘆。

蒼蠅王

陪父親返鄉探視從未謀面的爺爺時，才過完二十歲生日，在臺灣土生土長的他，心裡嘟嘟囔囔所想的一直是：爺爺之外，我可一定要先看看那條「線」！那條最奇最長的線——長城！

據說爺爺住在北京市郊，早年是一位業餘的金石書法家。文革時遭抹黑抄家，被點名批判為「故作風雅的反動派」後，即不再從事創作。下鄉勞改時，由於被扣上這麼頂大帽子，很吃了些苦頭，直到「改正」之後，才終獲平反。

「——現在，大概又操刀提筆了吧？」

父親說，語氣裡有著難掩的興奮：

「嘿，你爺爺那雙手啊——嘖！你沒見識過，那才叫精準呢！」

於是，懷抱著對爺爺無比驕傲、仰慕的想像，就這樣，血緣、親情，外加初履斯土的激盪恍惚，他終於隨著父親來到了北京城郊那十幾戶人家雜居的大宅院。

果然！爺爺的手精準一如當年！

小客廳裡那張框裱起來，供在電視機上的剪報，正光榮地向每一位到爺爺家來的訪客，陳述著爺爺的「藝術」：

【本報訊】北京市民胡×，自一九七九年退休以來，即以打蒼蠅為娛。十年來計打死蒼蠅七十萬隻，重量超過十七公斤，均送往衛生委員會，由該會以五十公克一元人民幣價格收購，以獎勵其為民除害行為。胡×現……。

當他忍不住中止閱讀，轉向老人：

「爺爺，您的金石書法藝術呢？」

老人拍無虛發地連斃兩隻紅頭大蠅後，才回過頭來慈祥地說：

「什麼金石書法藝術呀？打蒼蠅才重要！來，爺爺告訴你，衛委會明定的四大害昆蟲當中，蒼蠅居第一，底下呢，是蚊子、老鼠、臭蟲……」

他勉強哽住，衝到大宅院外。

長城遠遠淡淡地在山上起伏。但這條最奇最長的線，卻瞬間飛成最利最猛的箭，直奔而來，射穿他的心。

他落下淚來，但很快就被腳下的黃土地吸收了。

——選自《陳幸蕙極短篇》（一九九〇，爾雅）

賞析

《蒼蠅王》（*Lord of the Flies*），是英國高亭（William Golding, 1911—）第一本小說。敘述一架飛機將一群六至十二歲英國男孩送至一個熱帶島嶼，結果這群男孩衝突對立，甚而獸性嗜血，最後決定放火燒掉整個島。而小說中死豬頭上嗡嗡的蒼蠅，正是醜陋人性的表徵，內心無知與黑暗的顯影。

本篇發揮《蒼蠅王》文本的雙關指涉，述說爺爺今非昔比的落難，事與願違的無奈。從金石書法家至打蒼蠅高手，是精緻藝術向現實生活妥協，是卑微個人向文革時代豎白旗；完全是「苟全性命於亂世，不求風雅於平反」的認命。這樣的標題，除了揭示爺爺已成「蒼蠅王」（打蒼蠅的「王者至尊」）外，更隱隱批判動盪的蒙昧時代，嗡嗡的黑暗之音。

結尾，如果說「長城」（歷史中國）是一隻利箭，那看不見的操弓神射手，就是「荒謬時代」，以每個炎黃子民為箭靶，射出一篇篇辛酸血淚。

作者

陳黎

簡介

一九五四年生，臺灣師大英語文畢業。曾獲全國優秀青年詩人獎，《中國時報》文學獎敘事詩及新詩首獎及推薦獎、《聯合報》文學獎新詩首獎、梁實秋文學獎詩翻譯獎、國家文藝獎等。現任花蓮花崗國中教師，並任教於東華大學。著有詩集《廟前》、《動物搖籃曲》、《小丑畢費的戀歌》、《親密書》、《小宇宙》、《島嶼邊緣》等，散文集《人間戀歌》、《晴天書》、《彩虹的聲音》、《偷窺大師》等，音樂評介集《永恆的草莓園》等，譯有《拉丁美洲現代詩選》等。

青春

他是個率性而天真的人，都三十幾了，還稚氣未脫。舉止輕浮如學生，一點也不像老師的樣子。這幾年，當了爸爸，偶然在鏡中看到自己的白髮，才逐漸感覺到歲月的侵迫。他從沒有想過自己的母親有多大多老了。讀大學時，寒暑假經蘇花公路回家，雖覺得母親有點變，但青春當道，卻也無暇細分。畢業後回鄉任教，每日相處，更不覺得今日之她與昨日有何不同，照樣要她洗這些東西、做那些事情。在不停的工作與工作間，青春似乎不曾有恙。一直到過年前，學校要填一份資料，他打電話問她生日，細數之下，才發現快六十了。

新年期間，弟弟們匆忙地回家，又匆忙地離去。匆忙間自然也無空想到母親又長大了一歲。倒是他，晚上躺在床上，一直問自己為什麼沒有注意到母親年紀愈來愈長了。年初三，一家人一起吃飯，母親一邊做菜一邊說過兩天要回玉里開同學會。想到玉里是她年少得意之地，他忙問這次有多少人參加，有沒有帶兒子一起去的。母親熱切地說：「很多哦！台北、高雄、花蓮都有人要去。也有帶著兒女順便回娘家的。」他問母親要不要開車陪她去。母親說：「好啊。」第二天，弟弟們走了，晚餐時，母親說她自己坐火車去就好了。「本來台北方面有十幾個人要來的，現在只剩下七、八個。幾年前，四十週年紀念的時候，連日本老師都從日本趕來參加。但今年，算一算，又死了好幾個。每一年都有人走掉。」他沒有料到這情況，一時間不知如何回答，只好替母親跟自己再添一大碗滿滿的飯。邊吃邊讚美說今天的菜很好。

晚上睡覺時，他一直想要怎樣才能更孝順。大孝尊親，其次弗辱，其次能養。只有這如何抵抗老去是他一點也無能為力的。他左思右想，最後還是決定照樣叫母親幫他做這件、那件事吧。就像每天在母親身邊比較不會感覺她變老一樣，讓母親在不斷的活動、關注中感受到生命的活力，恐怕是保持青春最好的方法吧。

——選自《人間戀歌》（一九八九，圓神）

賞析

這篇標題，也可以換成「使母親保持青春的最好方法」，屬於標準「問題解決法」的極短篇。

篇中，陳黎解決的方法，貌似「不孝」（「決定照樣叫母親幫他做這件、那件事吧」），卻是最有效的「青春劑」（「讓母親在不斷的活動、關注中感受到生命的活力」）。確實是這樣，「活動」、「活動」，要「活」就要「動」。經由「不斷的活動」，才能充實而有光輝，才能永保心靈的青春。才能跳出「老年是礦物」的寂寥，「老年是廢物」的自棄，重回「老年也可以是動物」的活力，活出銀髮族的精彩。

大抵真正有創意的「問題解決法」，往往以「反常」的手法，達到「合道」的目的。篇中，陳黎以讓母親「忙到不行」的方式，顛覆讓母親「沒事做，享福」的觀念，藉以激發母親的「青春」、「活力」，以臻人子真正善意，可說另類「現代孝子」。讀者對此有興趣者，可參看其〈母與子〉（《人間戀歌》）。

新龜兔賽跑

自從伊索先生的寓言集被人從困難的希臘語翻成各國語文問世以後，四年一度的龜兔賽跑就成為我們動物界眾所矚目的盛事了。在過去的一千六百多年間，除開二十七次因為碰到動物大戰導致停賽外，雙方總共交手三百七十八回。這中間，烏龜先生因著對伊索寓言的熟讀以及使兔子先生半途睡著的地中海貿易風之協助，輕易贏得了大多數的比賽。一直到本世紀初，一位叫詹姆士塞伯的美國醫師兼業餘運動史研究者出版了一本分析致勝之道的「龜兔賽跑論」，在裡頭提出了一百零二種避免打瞌睡的方法後，兔子們才藉著——大多數時候——興奮劑與清醒劑的服用，贏得了其中的一些比賽。今年，由於與烏龜同屬硬殼爬蟲類的鱉們種族意識高漲，強烈要求「一國兩制」地獨立組隊參加，遂使行之有年的龜兔對決擴大為龜兔鼈賽跑，加上受到前不久人類運動會禁藥助跑醜聞之影響，國際運動總會特別聲明：嚴禁一切違規藥物之使用——這樣一來，到底誰會在這場劃時代比賽中奪標就更難斷言了。

這次的比賽改在東方的一個島上舉行。風和日麗的午後，動物們扶老攜幼地從各地趕來參觀。兔子先生在一群兔女郎簇擁下跟著兩位醫學顧問首先到達會場；騎著摩托車風馳而至的是烏龜先生；最後進場的是舉著牌子，邊走邊喊「獨立、自主、不吃鼈」的鼈先生。

比賽還是由獵犬鳴槍，青蛙擔任發號員，由於路程比以前長，又請了老鼠、山羊、長頸鹿當各站裁判。負責終點拉線的是兩隻美麗的蜘蛛。槍聲一響，兔子先生便像沖天炮似的飛奔而出。他衝出會場，越過兩座小山，到達老鼠所在的第一站。四周是綠野、大海以及蔚藍的天空，空氣中絲毫沒有什麼誘人入眠的貿易風。兔子先生精神大振，為在場的小老鼠們一一簽名留念，接著高興地跳進路旁的水池中。當他洗好澡再跳上來時，烏龜與鼈才剛剛走出會場，準備上路。兔先生想：「這次比賽冠軍非我莫屬了！」但他實在想知道到底龜與鼈這兩個寶貝誰跑得快些。他跑回原來的地方，看到這一對難兄難弟正亦步亦趨地在地上辛苦爬著。領先在前的烏龜不時伸長著頭對緊跟在後的鼈說：「你有像我這樣長的頭嗎?等一下我就要用它衝越終線。」兔子想：「如果我幫鼈一點忙的話，我的歷史性敵人這次可就要破天荒掛名第三了！」

他要鼈咬住他的尾巴，讓他拖著他跑，但鼈頭實在太短了，才跑幾步就脫開了。他只好跑到鼈尾，頂著鼈屁股往前跑。他想只要在距離終點不遠處擺開鼈獨自往前衝，就一定能如願地完成比賽。

他們很快地跑過第二站、第三站，進入工廠林立的第四站。一大群觀眾在終點處搖旗吶喊，等著他們。他不知道那些聳立在空中的到底是長頸鹿的脖子或者煙囪。忽然間他聞到一股臭味。他想：鼈老弟真不夠朋友，助他一頭之力還衝著我的鼻子放臭屁！他一頭把鼈撞到路旁，準備自己開始衝刺，那臭味卻愈來愈濃，而且似乎不是從鼈屁股裡發散出的，因為，他發覺，整個天空都籠罩在一片濃霧當中。他四肢漸疲，聽到旁邊有人喊「加油兔子，加油兔子」，然後就昏過去了。

工廠排出的廢氣為什麼沒有對硬殼爬蟲類造成傷害，後來成為島上一位生化副教授升等論文的題目。我們只知道短頭的鼈當時不顧一切地往前衝，在百味雜陳的氣氛中首先衝進終點的蜘蛛網。至於烏龜，機警地把頭縮進龜殼裡，也一步一步地爬到終點。只有兔子，當粉紅色的救護車伊嗚、伊嗚地把他載走時，他還以為自己是坐在勝利的花車上呢。

教訓：小心不如小頭，人算還要天算。

——選自《人間戀歌》（一九八九，圓神）

賞析

陳黎〈新龜兔賽跑〉是現代環保版的「衍生創意」。經由增加參賽者（鼈），改變比

賽路線（第四站工廠區），再加上兔子的企圖（讓烏龜排名第三），結果「機關算盡太聰明」，兔子再度被烏龜打敗。

全篇兔子再度失手，並非「技不如龜」，而是第四站空氣污染，讓他四肢無力，暈眩昏倒，「意外」落敗。這樣的落敗，與實力無關，而與「地利」相涉。可見比賽勝負，除了實力、毅力之外，還有「非人為干擾因素」。因此，原本《伊索寓言》中〈龜兔賽跑〉的「教訓」為「天賦異秉若不好好把握，也會輸給那些孜孜不倦的人」（《新伊索寓言》，黃美惠譯，二〇〇〇，聯經），在陳黎筆下，變成：「小心不如小頭，人算還要天算。」賦予新的義涵。

而經由兔子再度成為烏龜手下敗將的事例，在在提醒吾輩：「人才放錯位置，將變成庸才」、「勇於自信，將讓自己跌得很慘」、「小心駛得萬年船，意外隨時站在生命轉彎的地方虎視眈眈」。

至於對〈龜兔賽跑〉不同版本有興趣者，可參筆者〈龜兔賽跑——寓言競寫〉（《文學創作的途徑》，二〇〇三，爾雅）。

作者

張春榮

簡介

一九五四年生，臺師大國文研究所博士，曾任教警察大學、中正理工學院、清華大學、淡江大學、實踐大學等，現為北教大語文創作系所專任教授、臺師大國文系兼任教授。著有評論集《一把文學的梯子》、《文心萬彩》、《極短篇的理論與創作》、《實用修辭寫作學》、《作文教學風向球》，小說集《含羞草的歲月》、《狂鞋》，散文集《鴿子飛來》、《青鳥蓮花》等三十餘冊。曾獲全國學生文學獎、中外文學散文獎、中華日報文學獎、省新聞處甄選散文獎、臺灣新聞報散文獎、中國語文獎章、《中央日報》文學獎、中國文藝協會文學評論獎、北教大優良教學獎、北教大教師教材與教學著作獎、行政院國科會100、101年度大專校院特殊優秀人才獎勵。

跟

七點。一腳踩出紅漆鐵門，那傢伙又佇立對面路邊。

狠狠白對方一眼，那傢伙居然矯首昂視，身軀仍不停晃動，毫不在乎。「無聊！」我暗罵：「簡直有病！」頭一側，沿龍泉街，我氣嘟嘟邁開腳步。

走過豆漿店。走過麵包店。高跟鞋蹬蹬響起，那傢伙亦步亦趨，尾隨在後。昨天我企圖擺脫跟蹤，突然快步混入人潮拐彎繞道，而後一回首，他不聲不響跟至。念及此，懊惱心緒滿溢胸口。噓。天天跟，只要一出門就跟，煩死人！就憑那張乾瘦土黃的三角臉，髒兮兮的裝扮，也想打動我心，叫我收留？也不自己掂掂斤兩，撒泡尿照照？我越想越火。

越過師大路，行經小公園，轉過身，那傢伙如影隨形，就在我身後。「走開！」我揮手叱道。那傢伙停止前進，黑白分明的雙眼默默投遞過來，一臉搖尾乞憐的神情。就這麼孬？都不煩？我嘖嘖暗忖。心頭不免一軟。算了！就成全他吧，虧他這麼專情守候用心良苦，讓他——可是，瞥見他渾身髒亂，我立即打消念頭。不行！寧缺勿濫，絕不能降低標準！讓人笑話。

踏上紅磚道，行經菩提樹，走向校門。遇見生物系的小林。「嗨！」走過警衛室。校警站立門前，驀地開口：「不要把狗帶進來！」目光直盯視我身後的那傢伙。

「不是我養的！」我猛搖頭：「傷腦筋！老是在我家門口，一直跟。」我轉臉向小林。

小林思索道：「那你家養的一定是母的？」

這麼會猜？我頷首。

「正值發情期？」

我驚訝地注視小林。是沒錯！上星期，我注意到磁磚上有些暗紅血漬，空氣中飄著些怪味。吾家小狗初長成。

「母狗發情，那味道很強，公狗聞到，會受不了，瘋狂，徘徊不去。」而後小林笑將起來：「妳身上，多多少少一定沾有那種味道。所以，公狗就跟——」

——選自《狂鞋》（一九九〇，聯經）

賞析

「跟」或「跟蹤」這一系列極短篇，往往訴諸情節之懸疑、驚奇，用以吸引讀者目光。而本篇自「敘述對象」的意外上著眼，召喚閱讀的趣味。

「跟」在真相揭曉之餘，哭笑不得之際，兜出深沉的哀感。雄性動物，一旦受制於腺體的衝動，受制於欲望的勃發，凡事只用下半身思考，諸多荒唐倒錯的行徑，便接踵而至。無可諱言，雄性動物最大的悲哀，在於管不住自己的「小弟」，進而反過來以「beyond my control」（電影《危險關係》）的「合理化」，沾沾自喜；最後埋葬在情欲的黑洞，終其一生，不知醒悟。

由此觀之，也就不難理解，張潮為什麼在《幽夢影》中說《金瓶梅》是一部哀書？念及西門慶的下場，真是天地不仁，「以逐色者為芻狗」！

鞋

進入會客室，坐定。錦池將鵝黃色拖鞋遞給姊。姊歡喜接過，低頭，套上，左右猛瞧，嘻笑，露出前排蛀蝕爛牙。俯視姊腳側換下的壞損舊鞋，錦池心裡直嘀咕：怎麼是米色的？三月明明買給姊一雙青綠拖鞋？怎麼不見了？——收回視線，錦池打開背包，取出肉包、味全牛奶拿給姊。並將蛋糕、麵包、養樂多、可口奶滋，堆放桌面。

瞳孔裡，姊削瘦腮頰正猛烈蠕動，頭頂光禿，他追想姊以前短髮覆額、身材豐滿的模樣。畢竟住在這裡，團體生活，不比在家裡舒服。媽在時，姊天天吃飽睡，睡飽吃，天下大事，與她無干。八仙桌前，媽對姊道：「像妳，最好。一個憨憨的，什麼也不懂。」姊拍手咿呀直笑。而後媽過世，家族長輩商議送姊來這裡：「至少無後顧之憂。」叫他北返，繼續學業。

姊用手臂抹拭嘴角，伸手取紅豆麵包，繼續往嘴裡塞。「慢慢吃！」他撕開養樂多瓶蓋的鋁箔紙，移至姊桌前。冷不提防，一隻手伸至他跟前。他，早有準備，把兩塊餅乾拿給素昧平生剃光頭的女子。他知道對方一定趁管理員不在溜進來。記得第一次會客，面對好幾隻手同時伸至，他嚇得不知所措。「吔，蛋糕給我吃啦！」只見那女子又折回，站在姊後。「不行！我姊還沒吃。」他搖頭。對方絲毫不理會，直盯視桌上蛋糕：「一半就好。」他想了想，分一半給她：「好啦！不要再來。」對方將蛋糕推塞嘴內，走了幾步，又走回來，站在姊身邊。他直皺眉。當姊仰飲養樂多，對方迅速伸手，拿起半塊蛋糕塞進嘴裡。「再這樣，我要生氣！」他厲聲道，並轉臉向姊：「阿貞。注意，東西要顧好！」姊似毫不在乎，伸手取麵包，默默吃將起來。他無奈嘆口氣。望著桌面養樂多空瓶。「萬一媽不在，你要照顧你姊姊，知道嗎？」凝視病床上媽灰白的臉，他咽噎點頭。只是，目前只能寒暑假南下，前來探望。據媽說，姊小時發燒熱過頭才變得瘋瘋呆呆。連話都不會講。……見姊嘴巴停止咬嚼，他把剩下的可口奶滋放進姊口袋：「要顧好！餓了，拿出來吃。」姊笑了笑。「放假，我再來看妳！」

和姊步出會客室。許多光頭婦女面無表情眼神呆滯，在大廳四周緩緩走動。有的站在角落哼歌。「歡迎再來！」剛剛搶吃蛋糕的女子笑嘻嘻對他喊。「走了。」他向姊揮手，走向鐵門。當他經過電視機前時，有幾個正坐在圓椅觀看節目。他注意到那雙青綠拖鞋，就在其中胖女人腳下。

「她偷換？」意念飄起。「去要回？」他遲疑了一下，腳步仍繼續向前。「算了。已經替阿貞買新的。」

「姊憨憨，會不會又被偷換？」另一個意念閃入。他憂愁地走出慢性精神病養護所。面對天際烏陰雲峰間的頹日。「至少，姊可以快樂地穿幾天新鞋。」他安慰自己。

——選自《狂鞋》（一九九〇，聯經）

賞析

「鞋」與「諧」同音，然人世間充滿不和諧的變奏曲。只要命運隨便開一個小小的玩笑，芸芸眾生，立即荒腔走板，偏離正常軌跡，叫人欲哭無淚。

全篇以「慢性精神病養護所」（俗稱「仁愛之家」）為場景，弟弟與姊姊會客為軸線，兜出上次買給姊「青綠拖鞋」不見的原委，這次再買雙「鵝黃色」的給姊姊。結尾倒數第五行，揭示被「偷換」的真相。

本篇可以有兩個結局。第一個結局，寫至「那雙青綠拖鞋，就在其中胖女人腳下」為止，重點在揭示「掠奪」事件，照樣在被隔離的「舞臺」上演，層出不窮。第二個結局，再繼續推衍，寫至「『至少，姊可以快樂地穿幾天新鞋。』他安慰自己」為止，重點在強調「眼前」、「當下」的意義。畢竟當其無可奈何之際，宜戴上黃色思考帽，從「看開」、「退一步」的角度去鬆綁、懸解。

苦苓

簡介

一九五五年生，臺灣大學中文系畢業。曾主編明道文藝，並編過陽光小集詩刊。曾獲國家文藝基金會大專文藝獎、香港詩風四週年紀念獎、時報文學獎散文優等獎、中外文學現代詩獎優等獎、聯合報小說獎極短篇獎、吳濁流文學獎小說獎。曾任教於明道中學，後辭去教職，成為專業作家，並出版有聲書，為各項演講的票房名嘴、電視、廣播節目主持人，現已退休，浪跡山林。著有《小小江山》、《愛人天下》、《浪漫王國》、《苦苓極短篇》等小說、散文、詩集，近六十冊。

錄音帶媽媽

他終於答應帶她回去見他媽媽了。

「我媽說大眼睛的女孩最聰明。」這是他對她說的第一句話，在以後交往的幾年間，他經常引述媽媽的話，很少男孩子會讓母親在生活中佔那麼重的分量，她尤其對這位聰慧而細心的媽媽感到好奇，在陪伴孩子成長的過程中，幾乎無時無刻不在一旁做他的精神支柱。

也許孤兒寡母之間更有一種深刻的情愫，他幼年喪父，和母親相依為命長大，這樣的母子會不會不容別人分走他們的愛呢？他一再推託不讓她到家裡，的確讓她的疑慮越來越深，可是有時他轉述媽媽稱讚她的話，又讓她覺得並不是沒有希望讓這個家庭接納……。

揭曉的日子終於到了，客廳裡空盪盪的，他也不請媽媽出來，只在一整面牆上的錄音帶裡找了一卷出來，放給她聽：「孩子，今天是你第一次帶女朋友回來，媽媽很高興……」溫婉慈祥，但是十分年輕的聲音令她訝異，更疑惑的是這種見面方式。他走過來，輕輕按住她悸動的手：

「我媽媽在生下我之後得了骨癌，她在僅存的有限歲月裡為我錄了一卷又一卷的錄音帶，從小到大每一個生命階段……」他指著牆上滿滿的錄音帶，拿下一卷給她看，上面標識著：「遇到喜歡的女孩」，「到這一卷——帶她回家，這一排都是屬於妳的。」

慈母的聲音仍然在錄音機裡響著：「……歡迎妳到我們家來。」她終於忍不住流下眼淚，叫了一聲「媽媽！」

——選自《浪漫王國》（一九九〇，希代）

賞析

〈錄音帶媽媽〉是則「愛的小故事」。

這樣的故事，常出現在特殊單親家庭。尤其孤兒寡母，當母親的，更是「操心也危，慮患也深」，即使撒手西歸，仍化身為一卷卷的錄音帶，用「聲音」帶著男孩成長。直至男孩有了要好的女朋友，直至未來的兒媳婦接棒，仍言笑諄諄，般般至意。

這樣的極短篇，以敘述對象（「錄音帶媽媽」）的「超常」、「意外」，打動讀者。而似此母愛的無遠弗居，跨越死亡門檻，正是人間最熱力四射的聖潔光源，永遠溫暖男孩孤單的心靈。讓歌謠中「世上只有媽媽好，有媽的孩子像個寶」的讚美，有了更深一層的詮釋。

最後，值得注意的是，本篇為「錄音帶媽媽」的溫馨版。而吳淡如〈聲音戰爭〉（《不是真心又何妨》），則為此類題材殘酷版；有興趣者，可相互比較、研究。

有媽媽在的時候

「電影都是假的！」

這是小兒子的結論。原因是他不小心把房門反鎖了，找不到鑰匙的我不免抱怨，「你不會把房門撞開嗎？像電影那樣。」

我想想也對，吸足一口氣，開始猛烈的撞門，用手臂、用身體、甚至用腳奮力的踢，一陣乒乒乓乓，門板應聲而裂，門鎖卻仍然卡得死死的，我無力的頹坐地上，小兒子摸摸我的頭：「ㄅㄚˇㄅㄚˊ，你好爛哦！」

最後還是只好召來鎖匠，他一邊動手開鎖一邊訕笑，「門要是這麼好撞開，那我們還吃什麼？」

房門終於開了，但這扇門也差不多報廢了，「開鎖一百塊。」又讓我心痛了一下，鎖匠咧開嘴笑了，「知難行易，你沒讀過三民主義嗎？」

從此我和小兒子一樣深信不疑：電影都是假的；直到在報上看到一則消息。

發生火災，一位年輕媽媽抱著兩個小孩逃到樓頂，發現通往屋頂陽臺的鐵門鎖死

了，濃煙不斷往上竄，火舌一寸寸延燒過來，絕望的她抱著兩個小孩，用盡所有的力量不斷撞門……那扇沈重的大鐵門居然奇蹟似的被撞開了！母子三人平安獲救，成為這場災禍中唯一的欣慰。

我還是不太相信——雖然我極願相信——，走到公寓頂樓，對著鎖上的鐵門又撞了幾下，鐵門紋風不動，好像在嘲笑我的魯莽。

然後在電視上看到一個媽媽，驚魂未定的訴說她的經歷，手掌上還裹著層層的紗布呢，她激動的揮舞著：「我正在店裡買東西，小孩在旁邊玩，那個歹……壞人忽然衝進來，拿著一把刀子，把收銀機裡的錢都搶走了，他要出去的時候，有幾個人和老闆要跟上去追，他就抓住我女兒說誰過來他就動手，我一看，你怎麼可以殺我女兒，就衝上去搶他的刀子，他一刀刺過來，我就直接用手抓住那個……刀刃哦？就是很利的地方，手都流血了，也不知道痛，就用力把刀子搶過來，他們幾個人就上去把他抓住了……就這樣，」她有點羞澀的笑笑，「那時候只想到女兒，都不知道怕，後來越想才越怕。」

她用受傷的手抱緊了女兒，一臉的幸福與滿足。

我把兩件事轉述給小兒子聽，他又有了結論：電影是假的，報紙和電視是真的。想一想，又搖搖頭：「不對，要有媽媽在的時候才是真的。」

——選自《苦苓極短篇》（一九九二，皇冠）

賞析

本篇，經由小孩純真之眼，洞悉影像媒體，揭示媽媽「不平凡的偉大」。雖說「女人是弱者」，但「為母則強」。藉由母性光輝，地母能量的釋放，篇中媽媽展現驚人的超能力，可以是千鈞一髮如火災現場，撞開沉重大鐵門的「大力士」，也可以是空手抓住歹徒刺殺利刃，無視滿掌血流如注的「捍衛戰士」。面對現實中種種災難，基於情急護子、救女心切，當母親的無不置之死地而後生，放手一搏，激發連自己都無法想像的潛力，衝鋒陷陣，扮演救星的角色，令鬚眉男子刮目相看，嘖嘖稱奇。

綻放母愛「積極性格」的媽媽，永遠為孩子心目中安定的力量。這樣的媽媽，聖凡一體，剛柔同源，既是柔和的月亮，又是溫暖的太陽。

作者 顏藹珠

簡介

一九五九年生，臺師大英語碩士，現任教臺師大英語系。致力於英美文學、世界名人智慧語、電影、修辭學等研究。著有《世界名人智慧語》、《電影智慧語：西洋百部電影名句賞析》、《名家極短篇——悅讀與引導》、《英美文學名著賞析》、《英美文學名著選讀》、《英美文學名著導讀》、《英美名詩欣賞》、《英語修辭學（一）》、《英語修辭學（二）》、《英美名家小小說精選》等十冊。另有極短篇創作、翻譯、評論作品，散見報刊雜誌。

一隻蚊子

戀愛時，兩人在灌木叢下促膝密談，一隻蚊子不識相，在旁嗡嗡叫，咬了她一口，又咬他一口，兩人手臂腫了個包，卻不以為忤，念及英國玄想派詩人鄧約翰的〈跳蚤〉詩，浪漫的想起兩人的血液在蚊子體內結合。

婚後，他習慣早起寫作。一日清早，她滿臉惺忪，氣沖沖對他抱怨：「一隻蚊子吵得睡不好。」他緊蹙雙眉，扶案疾書，被她突如其來的聲音打斷，不禁怒從中來：「我一個大男人，還要管妳一隻蚊子的事，怕吵，怎不掛蚊帳？」望著他的不耐煩，她心底一陣酸澀委屈……

如今老夫老妻生活下來，他每晚必將蚊帳掛好，先行入睡暖被，她常戲稱他是「現代孝子」。一日，她一躺下，聽見有細微的嗡嗡聲，不禁驚呼：「有蚊子！」他睡意朦朧，卻弓身仰起：「有什麼？——」

「一隻蚊子在蚊帳內。算了，不是很吵……」

「不行，妳不是怕吵嗎？」

他一躍而起，戴上眼鏡，在蚊帳內追捕那隻蚊子。

——選自陳義芝編《新極短篇——全民寫作》（一九九五，聯經）

賞析

〈一隻蚊子〉，具體而微，卻是男女情感的極佳顯影。篇中經由「戀愛」、「婚後」、「老夫老妻」三種不同情境的映射，呈現情感的遞進模式：由「相親」至「相怨」，最後再至「相知」。直指由「衝突」再至「和諧」的成長軌跡。

這樣的寫法，聚焦同一意象，發揮不同情境的意旨，深化意象的不同內蘊。經由「蚊子」的媒介，三段不同的處理態度，在在彰顯「愛」的不同層次。尤其最後，經由今生相濡以沫的洗禮，「老夫」不再「只為自己設想」，告別大男人心態，展現愛的積極性格。在瞭解的寬朗中，自自然然點出「太太的小事正是先生的大事」之真諦。

似此統一意象，變化寓意的手法，不以情節的「逆轉」（「反轉」）取勝，而以情境的開拓、意義的「擴大」見長。和張素紛〈身份〉（一九九四、十一、十二，《聯合報》副刊），自「蚊子」的變形上言情，迥然不同。

一個小貴族的心聲

媽媽，我不要穿一件一萬元的童裝，一千元的襪子配三千元的鞋子，因為這些衣物穿起來不方便又令我害怕。

妳知道穿上這些名牌進口服飾，雖然使我與眾不同，讓同學又妒又羨，可是我不敢隨便跑跳，怕把衣服弄皺弄髒，我不能和同學一樣在泥地打滾、爬樹玩耍。我們班上的小黑，他爸爸是清潔工，一個月的薪水還不夠買我身上的外套。他看著我的眼光好怪，常常有意無意扯我的衣服，然後告訴我：「很多壞人便是專門綁架穿這種衣服的小孩喔。」對啊！穿這麼好看，人家都知道我們有錢，那我不是目標顯著，萬一我被綁了，妳怎麼辦？

媽媽，我才七歲就都用高級品，不知道長大後要什麼東西才令我滿意？該是一套三百萬的西裝、二百萬的手錶、二十萬的皮鞋吧！可是我們會一直很有錢嗎？如果以後變窮了，怎麼辦？我愈想愈害怕。其實我這麼小，一下子又長高了，沒必要穿這麼貴的衣服。媽媽，請為我作更好的投資。

——選自一九九六年二月一日《聯合報》副刊

賞析

本篇自「小貴族」的角度發聲，寫出「有錢小孩」的煩惱與迷思，特別提供「有錢父母」的思考空間。

子女是父母的延伸，父母讓子女全身名牌，原本天經地義，無可置喙。但對含著銀湯匙長大的「小貴族」而言，愛之適以害之，讓小貴族從小如王子、公主般活在雲端，不知民間疾苦；視優質享受為理所當然，從來不知「感恩」、「惜福」為何物；真不知一旦從雲端跌落泥沼，王子、公主成為庶民、村姑，如何能面對充滿人間煙火的辛勞，調適心態，去除不良後遺症，重新出發？

本篇點出「小貴族」的心理症候群，值得借鏡。就像現在常笑F世代出生的小孩是「草莓族」，加一點水就爛，壓一下就碎。事實上，「草莓族」可以提出反駁、質疑。是誰把他們「種」成草莓族？不是有怎樣的大人，才會有怎樣的小孩？

張啟疆

簡介

一九六一年生，臺灣大學商業系畢業。曾任雜誌編輯、報社記者、專欄撰述、副刊主編。曾獲第五屆全國學生文學獎大專散文獎、聯合報小說獎、國軍新文藝金像獎、金獅獎、梁實秋文學獎。現專事寫作，著有《如花初綻的容顏》、《小說、小說家和他的太太》、《導盲者》、《俄羅斯娃娃》、《變心》等小說、散文集，近二十冊。

狗

白天牠窩在菜市場後的垃圾巷裡睡覺，晚上固定趴在陳記當歸鴨舖的桌椅下，等著撿客人吃剩的骨頭。不過牠難得飽食一頓，原來牠擁有一身光鮮的黑毛，因為纏過一隻癩皮母狗，開始生瘡掉毛；使得吃消夜的客人不願見牠賴在腳旁，紛紛加以噓趕或足踢。市場小孩更是喜歡折磨這些毫無反抗力的野狗，通常用彈弓瞄準狗鼻子或是擲來包藏瀉藥的肉丸。牠瘦得彷彿骨架隨時會鬆垮，雙目無神，對於人類的踢打總是慨慨承受；只有和旁犬爭食時才會裝出一副猇猇狀。那天當世上唯一的溫柔的手掌伸向牠，嚇得縮成一團，不明白那個巨大的人形將對牠施加什麼。那人握住狗的前爪，輕輕地捏提牠的頸項，嘴裡喃喃地吐出一些話。他掏出一塊乾鹹麵包，狗嗚嗚地嗅了嗅，小口小口吃下去。

幾天後，狗在熙攘的人潮中找到餵牠的人，悄悄地跟在身後。那人恍惚地在大街上踱步，未發覺狗的隨行，直到登上老宅的石階才看見腳下多出一塊黑影。他開門引狗入屋，從食櫥內找出幾朵不知貯放多久的褐黃物，狗搖著光禿的斷尾趨前就食。從此狗每天守在巷口，只要一瞥見那微駝瘦削的背影，便興奮地繞著他團團轉。這時癩皮狗脫胎換骨般地充滿活力，一會兒滿街撒奔，一會兒就地打滾，朝他的大腿撲跳，不停地舔舐手掌心。後來連過街都將狗嘴噘得老高，儼然有主的神氣。

牠經常跟隨那人回家，任意進出老宅深院的每一個角落。偌大的宅子深鎖在長巷的盡頭，只有他一人獨居。附近大人都禁止小孩接近那幢陰森斑駁的日式古屋。他很少外出走動，喜歡踞在石階曬太陽，狗在一旁忙碌地跑進爬出。他有一張年輕卻如薄紙般的臉廓，瞳仁深處結著一層那種年齡不該有的灰黯。視線常拋向遙遠的天空，然後定在不知名的一點，一發楞就是一下午。狗有時也感染了他的情緒，靜靜蹲在腳旁，呆視地上蠕行的蟲蟻。

高興時，他喜歡對狗說話，一面專注地撫摸髒黏的狗身。狗朝他呼呼吐舌頭，他笑著捋牢蠢動的黑頭，不言地凝視著，眼裡浮起兩汪瑩熱，狗似乎懂悟了什麼，也偏頭回望他，就這麼人狗互眙著，人露愛憐，狗似深情。

可是天一黑，他一定將快樂中的狗逐出門牆，不論狗怎麼嗚叫哀呼，他就是不肯再開門。他好像不願留狗長住。深夜的長巷，從老宅子闇黑的木窗裡，傳出一陣陣激烈的咳嗽喘氣聲，終夜不息。

大部份時間，他是冒著冷汗伏案寫字，對外面甚至自己的事情從不關心。房東警告不准養狗，他不置可否地笑笑；狗不小心尿濕散堆的詩稿和被褥，或是惹來一屋子蝨蟲，他也不發怒呵責。他教會狗吃發霉的麵包、稠黃的牛乳和爛泥般的速食麵。漸漸，狗養胖了，他的氣色卻愈來愈壞，躺著的時間漸多。難得精神清爽是他抓起剛完之稿高聲吟唱的時候。那天傍晚，他突然抽筋似地彎下身咳個不停，臉泛成紫黑色，兩道嚇人的血柱自緊抿的嘴角洩出……。夜裡他倒在地上翻滾呼痛，狗在一旁不知所措地叫著。清晨他撩醒伏睏的狗，直催牠離去，狗不動，他紅著眼睛將狗摔出門外。

他咳得更厲害，白天也劇咳。狗在巷角等不到他，便緊把在門外，一連數日，不斷地用爪子撩撥門板。夏日的蟬鳴響徹沉寂的庭院，偶爾可以聽見屋裡發生碰撞傾倒聲和一段靜默後奄奄的呻吟。後來他出現在窗後，蒼白的臉緊壓著窗玻璃，玻璃表面泛著一片濕霧。再來什麼都看不到、聽不到了。狗焦急地屋前屋後梭繞，衝破一塊腐板鑽入屋內，候在年輕人的房門口。牠知道他一定會從裡面出來或是由走廊盡頭的大鐵門進來。牠抵緊門下的縫隙，儘量將鼻眼塞進去，對裡頭汪叫。狗守在原地一直不肯離去。一天早晨，一位抱著水桶掃帚的胖婦人踢踢踢地登上門階；狗在虛弱的昏睡中聽到門鎖轉動的喀擦聲，眼睛一亮，忘情地奔向那扇正在開啟的鐵門。……

——選自《如花初綻的容顏》（一九九一，聯合文學）

賞析

當天涯天淪，風塵輾轉，人與人的相濡以沫，是炎涼世態中的亮麗風景。至於邊緣中的角隅，癩皮狗與男肺咳病患的「患難」結伴，「髒亂」相守，猶如幽暗邊陲開出的一朵艷紅小花，令人瞠目驚視。

本篇最大特色，在於跳開「人」（男肺咳病患）的敘事觀點，而自「狗」（癩皮狗）的視角出發（敘述視角的意外），展開「狗眼並沒有看人低」的情節，呈現另類觀照。這樣的觀照，點出「狗」的單純，只要你餵食，便是衣食父母。不管給的食物發霉，環境惡臭，不管你有病在身，遭人隔離，不管已奄奄一息，撒手人寰，他毫無「分別心」，忠實地守在原地。

張啟疆極短篇，一向具體實踐「Show」（演示）的藝術，經由場景氣氛、刻劃、生動細節勾勒、律動情境特寫，形成「戲劇化」的獨特魅力，留給讀者相當大的震撼與沉思空間。有志極短篇創作者，可多加觀摩。

舉頭三尺有神明

阿猴仔惹上麻煩了。

他一手握著圈筆，一手搔撥後腦勺，心裡七上八下，左思右想還是蓋不下去。長長的一卷選票攤在面前，十幾個發白的人頭一齊瞪他，那種目光，有點像神龕中螢紅凌厲的關帝像，害他不寒而慄。

「早就叫阿爸嘸通這樣做……」阿猴仔咕噥著，探頭瞥瞥右側黑布幔相隔的另一個投票間，是庄尾的三嬸婆。他的阿爸，早就在三分鐘前完事，正和村長伯在大廳喝茶聊天。

倒不是因為他膽怯。身長六呎、狗熊背犀牛肩的阿猴仔連田裡的飯匙倩都敢單手生捉活剝。雖然國中未畢業就輟學，跟他爸下田幹活，一幹二十年，沒機會見世面，只是，少許人情世故，尤其是冥冥中某些看不見卻挨得著的力量，他可是懂得。

昨夜他又夢見神明上門來討債，嚇得差點不敢離開被窩，還是他爸像押肉牛赴屠宰場一般將他押解到鄉公所。在這之前，父子兩人為收錢買票一事爭吵七日夜。爭執的重

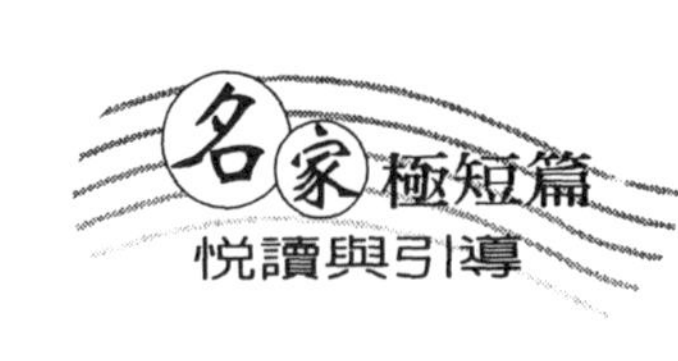

點倒不是該不該收賄，而是該不該一票數賣，向每一個候選人收錢。在阿猴仔甚至背不牢九九乘法表的心中，所謂「神聖一票」就是獻給關帝爺和媽祖婆的一票，也是對鄉親族里死忠不二的表態。多年來，阿猴仔從來也搞不清楚什麼黨派、立場、獨立、統一之類的名堂，每逢選舉，總是冒出一大堆「鄉親父老、兄弟姐妹」的陌生面孔、名姓和聲音；阿猴仔父子只相信樁腳（非選舉期間改稱「組頭」）——村長伯或鄰長叔——報的號碼，肯定是自己人就投他一票。就像阿猴仔的爸阿狗伯十數年如一日的耳提面命：

「猴仔給恁爸記住，咱是海派的人，絕對嘸通投給山派……」

當然，自己人歸自己人，錢還是照收，收了就一定投。「這是良心問題，也是信用問題。」握著圈筆發抖的阿猴仔對阿爸的庭訓點點頭，感到更難下手了。今年似乎天下大亂，阿狗伯不知發了什麼心，變得有錢就收，還自行抬價：「猴仔記住，那些手巾、肥皂、味素、彩色鍋攏莫愛，至少五百才收，記住，蔣介石比孫中山值錢。」樁腳也亂了，村長伯明裡暗裡至少為五個候選人拉票，據說三嬸婆一家七票賺進萬塊以上的過年費。對於這些既沒有良心也不講信用的事象，阿猴仔的爸只丟給他一串子更令人迷惑的字眼：「這時陣，買票憨大呆啊啦，不賺白不賺，賺到嘛是愛吐還，還給賊仔政府，那些金牛勾結狗官……幹你娘，你不懂。」

「猴仔你是在裡面生子是莫？」催叫聲頻頻傳進來。此刻，阿狗伯當然看不見阿猴仔無助的眼神，也不知道他正沉浸在一遙遠的記憶圖騰之中。那是很久很久以前，阿猴仔還是猴囝仔時，選舉投票還在村口大廟舉行的畫面：香火鼎盛，氤氣盈樑，怒目金剛，慈眉菩薩，木魚和誦經的聲音，以及，像藏寶般圍住投票間的黑布幔，供在案桌上的票箱……整個構成一種恐嚇的氛圍，阿猴仔幼小心靈中永恆的堂殿。

昨夜，最後一位自稱「海派」的候選人上門時，手裡捧著二封千元紅包和一具黑布披罩的東西，阿猴仔應邀掀開一看，裡面心竹赫然一尊神明。那座神像當晚就長出腳走進阿猴仔的夢裡。

阿猴仔終於忍不住哀叫：「阿爸，我𣍐曉選啦，這款代誌……」

「黑白蹬一個就好，壓嘸是選某，這麼大漢的人。」

「舉頭三尺有神明，你講的，沒良心沒信用神會罵。」

「幹你娘，啥人當選攏同款，反正人人有分……」

人人有分……阿猴仔突然靈光一閃，抖了抖手腕，然後毫不猶豫地落筆，從一號開始蓋印。「哈哈！阿爸一定會稱讚我是天才。」他一面抓腮，一面忙不迭地繼續往下蓋，每個人都當選就不是沒良心的代誌。」他滿意地收筆。這時，每位候選人上面都有一個紅圓圈，乍一看，還真像蓋在他們頭上三尺的位置。

——選自《小說、小說家和他的太太》（一九九三，聯合文學）

賞析

在鄉下選舉中，「神明」成為買「神聖一票」的最佳見證，沒有人敢對「神明」背信，致招天譴。

所謂「盜亦有道」，收賄亦有道。篇中，阿猴仔面對每個候選人都收賄，面對一尊「神明」的「監票」，左右為難，不知選誰是好。最後，在阿爸「反正人人有分」的話頭召喚下，靈光乍顯，發揮「創造性思考」。阿猴仔在每一個候選人的格子上都蓋上「紅圓圈」，完成一張「反正人人有分」的「神聖一票」，完成「舉頭三尺有神明」的反諷圖象，完成合乎正義絕對公平的「廢票」。於是，候選人「道」高一尺，阿猴仔的「天才」，「高明」一丈；所有候選人都是贏家，也都是惡質民主選舉的輸家（「啥人當選攏同款」）。

全篇作者掌握阿猴圈選的片刻時間，道出事情原委，帶出昨晚惡夢、內心掙扎、父子對話、童年「神明」心結，形成飽滿情境。最後，靈機開竅，順勢（阿爸話頭）開展，兜回眼前，採取「出人意外」的行動，一氣呵成。正是極短篇「單一豐美」、「深刻揭示」的佳構範例。

作者 陳克華

簡介

一九六一年生，臺北醫學院醫學系畢業，哈佛大學博士後研究。曾任「現代詩」執行編輯。作品曾獲第一屆陽光詩獎、三屆時報文學獎敘事詩獎、六屆全國學生文學獎詩獎、新聞局歌詞類金鼎獎。一九九五年十月，獲得《中國時報》舉辦之「跨越二十一世紀青年百傑」文學類當選人，得獎理由為以醫生背景而長期投身文學事業，對分工日細，功利日重之社會，有矯俗示範作用。現為榮總眼科醫師。著有《陳克華極短篇》、《我在生命轉彎的地方》等小說、散文、詩、劇本，計二十餘冊。

快樂是什麼？

最近他們之間很少談到詩了。甚至是文學。

有時，甚至是談話。

「快樂是什麼？」有個廣播節目經常會這樣發問。那故作羞澀的女聲聽起來奇異地無知又充滿自信。快樂是什麼。哈。快樂就是——她經常「啪」地一聲關掉收音機。

其實，她也對他問過相同的問題。

「唔——」他搔搔頭髮，把頭掉過去。

再逼他也沒有用。她明顯感覺到他要逃走——每當她難得正經嚴肅的時候，她就有這樣的感覺。

他對比較抽象的字眼兒過敏。她這樣想：譬如「追尋」啦、「救贖」啦、「奉獻」啦等等之類的字眼兒；譬如「快樂」——她不大明白，這些原都是她口頭上用慣了的啊！

然而他不說他難受。也由此看出他這個人厚道。

她每每這樣想到他許多好處便預先感動得一塌糊塗。「喬——」她這樣叫他，拿手指在他臉上胡亂撩撥，這時他便緊閉著眼，眉毛打結，彷彿正在忍受著什麼，卻又十分有耐心。然而這種表情著實美極了，她腦中閃過幾個名字，近藤真彥，或者阪本龍一、鄉廣美。

她接著又去抓他的手。那雙手大得出奇而不失秀氣，厚實而且多肉，她得用她兩隻手來撐開他一隻。有時他故意手不著力，放得沉沉地，她得擡起他的手，那真是吃力。她對他充滿好奇：手背皮膚黝黑粗糙，青筋盤虯，毛孔粗得簡直可以探一枝粉筆。然而翻過來，掌面卻細緻紅潤，像女人。她簡直無法置信這樣兩個極端可以存在反掌之間。她經常就只是翻來覆去地研究個好半天。

她喜歡把兩個人的手並列，對照著比較：「你的生命線好長……事業線不怎麼樣……哇，感情紋這麼亂——哼，用情不專哦！」她瞪他一眼。他正毫無反應的發呆，她用手指戳他，他慌忙專心起來：「唔——我？」

她不在乎。反正她也不是很信這個。她只是喜歡拿兩人的手比比；當兩隻手掌併在一起的時候，她的疊在他上面，他大她小，同中有異，異中有同，她分明感覺到她的手是從那隻大的分生出來的，像生物實驗課程裡的水螅蟲，可以芽生出好多相同的小水螅來。

然而他始終不能放心——因為她不明白他。那天她在「神經學」課堂上學到一個新名詞：Apathy——興奮性消失。無情感。冷漠——她便馬上聯想到喬。

他頂不愛說話。連一般男生常好發言的激烈政治言論也沒有。成天上課作實驗，下課便抱著籃球，功課在班上又一直是一把罩。這樣一個聰明人怎麼外表像個木頭。有時她倒希望他對她放肆些，但現在連她要他陪，都得自己打電話到他宿舍去找。怎麼會這樣呢？

Apathy。她興奮起來撥電話給他：「嗨，小喬，我今天以後都要叫你 Apathy——Apathy——」

電話那頭無聲了半晌。顯然是摸不著頭腦。

「阿——帕——西？」

「嘻，不告訴你。」

她還沒來得及告訴他 Apathy 怎麼解釋，小喬便死了。意思是，喬當上了預官以後便沒有再和她連絡過。賀年片寄去也像石沉大海。她當小喬是死了。

當然一方面她的功課是相對重起來。經常一禮拜六天八堂課排得滿滿，又補課補到晚上。回到住處把實驗衣往浴缸裡一泡，人便歪在沙發上睡著了。也是過了很久以後，她才有時間和興致再打開收音機。又是那故作甜美的女聲在無知地問：「快樂是什麼？」

她從生理學講義堆裡坐正起來，豎耳傾聽。哈，快樂就是……。這回她可真的有興趣了。

——《愛上一朵薔薇男人》（一九九八，元尊）

賞析

「快樂是什麼？」這樣的提問，無非希望對方接下去，說出答案。但篇中首尾兩次提問，懸而未決，形成空白，也形成「意外延宕」的醒思空間。

在「愛情」學分上，女主角是「英英美代子」（閒閒沒代誌），在乎男友對「快樂」的看法、厚大手掌、與掌紋，而後覺得對方真的是「一、二、三，木頭人」，冷漠得可以了。後來「兵變」，男友喬音信全無，兩人靜靜分手。等女主角忙到告一段落時，再度又對「快樂是什麼」的議題興致勃勃。

這樣的流程，彷彿在強調「快樂」，其實就是「自得其樂」。樂於挖掘對方身體的秘密，樂於感知對方心靈的頻率，代表一種專注的心態，投入的熱力。當此之際，根本整個人樂在其中，腦海裡無暇出現「快樂」的概念，更無暇詢問「快樂是什麼」。由此觀之，唐·馬奎斯所謂：「快樂是兩段不快樂時光之間短暫的空間。」正反襯出當你太閒

時，當你不快樂時，你才會對「快樂是什麼」這樣的提問，覺得津津有味。

至於以播音員丟出的問題、答案為題材，別有深刻闡發者，另有張曉風〈人生的什麼和什麼〉（《我知道你是誰》，一九九四，九歌），值得一閱。

菜單

其實是他讀菜單時的表情使她傷心。她想：不是天底下所有見過世面、成熟、練達的男人，都只是坐下來，對遞過來的菜單輕淡地瞄過一眼，便能點出一桌豐盛可口而份量適宜的菜餚來嗎？

而她眼前的男人現在正習慣性地緊鎖著眉頭，埋頭仔細研究手中的菜單。那種專注，像在查閱整箱圖書索引，或審讀合約內容。她想：一頓富有羅曼蒂克氣氛的晚餐，好像不應該是這樣——她撩了撩頭髮——我，難道他不以為我才是今天晚餐的重點所在嗎？耗費那麼多精神在決定吃什麼，算什麼？

男人噘著嘴把菜單翻過一頁，繼續審慎地尋找令他心動的目標。真正令她洩氣的是：此時她的競爭對象，竟然是一個男人的口腹之慾。她竟必須和他的口腹之慾競爭！

她極女性化地聳了聳肩，把頭一歪，用手肘撐住，不著痕跡地嘆了一口氣。的確，把著菜單看這麼久，極易啟人疑竇：莫非眼前的男人正在極度盤算，打算花最少的銀兩撐起最起碼的場面？天啊，這算什麼約會，什麼「燭光晚餐」？更進一步想：他這是在敷衍我嗎？

「點一道魚吧……」她熱心地建議。她原以為這樣開口等於：人家喜歡吃魚嘛，這樣暗示他，幫助他取悅自己。

他眼皮抬起來，接著底下冰冷冷的眼珠子翻轉：妳聽說過有任何北方館子善於烹理水產的？唉。女人。

「你看，這菜式看起來頂新鮮的……」她手指著菜單上所附的照片說，口氣俏皮輕快。

他說：不行。這道菜在這家館子只能算是「聊備一格」，端上來一定「辭不達意」。至於那照片嘛——他又看了她一眼，一副不能置信的模樣：怎麼竟會有人相信餐館菜單上所附的照片……嘖。女人。令人難以置信的女人呵。

於是她學乖了。她只是坐著欣賞他。沒想到一個思慮周密的男人在商場上學來的明智決斷，在晚餐桌上一樣能發揮功能。

在這裡她又有一種完全受到支配、擺佈、馴服的原始快感。在矛盾中她產生了耐性，她等他吻她。

當然他點的菜是從沒有教她失望過的。

但是在男人放下菜單和菜飯上桌這短暫空檔裡，一種悲哀會一點一滴注滿她。只這時候他分明是一個男人，她是一個女人，兩者關係充滿了互動、緊張、鬥爭和暗示。她全副武裝從事這場戰鬥，她要他吻她。

可是沒想到這麼快，熱騰騰而芳香四溢的菜就端上桌了，氣氛馬上為之一變，兩人心中頓時亮敞敞地只剩下了色，香，味——畢竟是保留了口慾的中國人哪。她想，男人吃飽了是沒有性慾的。她只有丟盔棄甲，那時候——

「來，吃菜。」

男人殷勤勸菜。

她舉起筷子時想：這一切已達悲哀的極限了。吃。

——選自《陳克華極短篇》（一九八九，爾雅）

賞析

「飲食、男女，人之大欲存焉。」（《禮記・禮運》）正說明人「形而下」的兩大基本欲求，不只古代人如此，現代人亦如此，一直在「食色，性也」（《孟子・告子上》）中打轉。

藉由用餐的點菜過程，篇中女主角首度察覺她的對手，並非另一個女人，而是「男人的口腹之慾」。似此根深蒂固的對手，展現人間煙火的「唯物」魅力，生猛強大，任誰也難以打倒。文明生活，說穿了，到頭來，仍是以「下半身思考」為主。同時「下半身思考」用久了，往往懶得再向上提升；「口慾」滿足後，順勢延伸至「性慾」（「飽暖思淫慾」）。然而女主角進一步的「失落」，是察覺她男人「吃飽了是沒有性慾」，十足的「胃」滿了，腦袋就空了，「心」也跟著消失了。不食人間煙火的「唯美」，只是自己的奢望。

這樣的「悲哀」，是「唯物」（口慾）打敗「唯性」（性慾），打敗「唯美」（愛情）；是生理的滿足，吞噬了精神的渴求。而這樣的「悲哀」，無疑燭照男性的品味一直沒有改進，只停留在最原始的層次，標準的「人形獸」而已。

作者

黃秋芳

簡　介

一九六二年生，臺灣大學中文系畢業，東師兒文所碩士。曾任研究助理、編輯、採訪及兒童作文老師。一九九〇籌設「黃秋芳創作坊」，並專事寫作。著有《黃秋芳小說集——我的故事你愛聽嗎？》、《黃秋芳極短篇——金針葉》、《影子與高跟鞋》等小說、散文、兒童文學，二十餘冊。

紅旗子

自從錦田街這條小巷子拓寬成為大馬路以後，大毛他爹可就樂了，天天叨叨念念地計畫添一部車子。他說這馬路又寬又平，還有規劃完整的停車位，沒車子就太說不過去了。

不知道這附近的老爺們是不是都和大毛他爹一個想法，也不過是一兩年的時間，就把所有的停車位全部佔滿。一日裡進進出出的車輛，不知道有多少，再加上路過的各式車種，到夜半也不一定靜得下來。

到底是繁榮進步嘛！看在這房子日日增值的情面上，這喧噪，將就一點也都過去了，誰知道，這陣子流行小孩子騎越野車，天天在馬路上穿梭招搖。

究竟是別人的孩子，那些司機老爺們可不懂得幼吾幼以及人之幼是什麼道理，連速度也沒見稍慢一些，每每看得我顫顫心驚，觀世音南無佛陀耶穌聖母媽祖天尊樣樣我都哀告過，這有什麼用？車子還是那麼多、速度還是那麼快，我只好把我們家的大毛小心地藏在屋子裡。

也不知道越野車怎麼會有這麼大的魅力，隔壁家老王的孩子被他媽媽打得全身一條條鮮紅血痕都藏不住了，還硬著嘴吵著要；老張脾氣更暴躁，只要孩子們敢開口要車就得挨餓。難道他們就不愛孩子了嗎？每當這些孩子逃到我們家來訴苦的時候，我就覺得心酸，老張沒有親人，臨老才添了這麼個寶貝兒子，他敢不小心嗎？老王拚死拚活，為了要兒子替不識字的老爸爭口氣，還有幾個能比他更愛孩子的呢？我嘆了口氣，可惜這些孩子們都不明白。

也有幾戶人家，拗不過孩子們哭鬧撒賴的堅持，慢慢也添進了一些越野車。那些孩子，全部成了錦田街的特權份子，其他的孩子們不是艷羨圍觀，要不就好說歹說地纏著人家借。

我可是牢牢看住我們家大毛，不讓他去碰越野車。這孩子常鬧脾氣，要不是他爸爸管得嚴，恐怕早就野出去了。

我就是覺得奇怪，杜太太怎麼就可以把孩子管得那麼好，她的大寶、二寶天天從越野車邊走過去，也沒見什麼留戀張望的眼色。

杜醫生真是好福氣，能娶到像杜太太這樣好的女人。聽說她還是臺大的吔！到底是有點程度的人，才能把孩子教得這麼乖這麼好。

也沒想到，這些天杜家也添了越野車。大毛羨慕地跑去參觀，回來說，杜太太規定誰先拿滿三次第一名就給誰添購新車，大寶、二寶在媽媽長期的教育裡早就明白，羨慕別人沒有用，凡事都要靠自己。

他們靠自己的努力掙得了越野車。

這可奇怪，難道杜太太就不躭心這些狂飆嚇人的車子嗎？還是她另有兩全的方法？

到了星期日那天，大寶騎出來的越野車車尾，綁了根細細長長的竹竿，竹竿上繫了面紅旗子，得意地迎風招搖。杜太太的責任就盡在提醒其他的駕駛人留意她的孩子，剩下的，可要靠大寶、二寶他們自己小心了，她早就提醒過他們，凡事都要靠自己。

——選自《黃秋芳極短篇》（一九八八，希代）

賞析

暖色系列的「紅」，以最強烈、鮮明的亮度，引起駕駛人注意。而當媽媽的，永遠是一面「紅旗子」，迎風招展，無聲「叮嚀」駕駛人：前面有我的心肝寶貝，要小心喔！

篇中王太太、老張「諱車忌禍」，用「治標」的方式不讓小孩碰越野車，避免騎車出事。杜太太則用「治本」的方式，讓小孩靠自己努力，掙得越野車，並化為車尾細長竹竿上的一面「紅旗子」，昭告接近的駕駛人要「留意」、「小心」。兩相比較，在買車、騎車的處理上，杜太太可稱為現代「創意媽媽」，建立小朋友凡事努力、小心的習性，同時表現「多一分防備，少一分風險」的呵護。

當然，一面紅旗子，也只能「盡人事」。畢竟，做父母的（尤其是母親），永遠沒有放心，只有擔心；在子女身旁，念茲在茲，既迎向麗日和風，也迎向命運的冷風。

白色舞臺

小雪一向都比別人聰明。

不但她的父母這樣說，大半相熟的朋友也都承認，就連她幾個老師也常常這樣誇讚她。雖然小雪這孩子有時候顯得迷迷糊糊地，越是需要精明的時候越是糊塗。

像上次她們舞蹈班的小朋友要上節目，幾個熱心的媽媽們擠在平常練舞的大教室裡，替各自的孩子更衣、上粧。小雪卻端著一張精心描畫過的粉白小臉，惹人疼惜地說：「媽咪，妳別進去了，裡頭熱，平常我自己也穿慣了，妳和爸爸先去會場，我和老師們坐交通車。」

小雪一向聰明，也沒什麼放心不下的，再加上這幾年胖得快，一離開大冷氣的BMW，立刻就一身汗，粧脫得厲害，要不是小雪靈精，媽咪也覺得麻煩。

然而，她卻是最當小雪是心肝寶貝肉來疼的一個。所以，當她看到舞臺上扮演小仙女的小雪，因為沒有把花冠紮緊，幾乎在舞一開始時就跌落了花冠，在一排整齊的花冠仙子中，光是晃動著那一對油亮的辮子。一晃，她心裡就是一緊。她捧著心口，像支撐不住過於膨脹的體重，一邊心裡還不住自責，要是她跟到教室去替她打點就好。

她不安地左顧右瞟，注意到那些相熟的媽媽們，平日早都為小雪的過於熟練靈動虎視眈眈了，這時都小心控制著一種不太嚴重、卻足以讓她察覺的訕笑。

等電視錄影播出時，她才驚詫地發現，小雪因為掉了花冠，反而引起攝影人員的注意，加上她長得精緻粉剔，舞又特別靈活流麗，整個節目不斷轉換成小雪的特寫鏡頭，不知道多少人問過：「那個不帶花冠的小女孩是誰啊？」而一整排花冠仙子都成了活動的佈景。

媽咪鬆了一口氣，可是還是不放心，小雪總是在需要精明的時候，不斷糊塗著，雖然她是一個這樣聰明的孩子。

小雪確實是聰明的，所以沒人知覺，她花了無數的時間反覆練舞，早早就計畫好了在舞臺上丟掉花冠，當然她不能讓媽咪來替她紮緊。

因為她是聰明的，所以沒辦法忍受和別人全都一樣，她一直要求著更好更好。

終於，小雪得到了舞蹈室裡最好的一次獨舞機會。她花了更多更多的時間準備，而且秘密，秘密和天空、和彩霞、和初樹，和各種最美麗的顏色進行交易。

她熱烈地祈禱著，要把她所有最珍愛的寶貝，和天空交換最藍的藍做為舞臺燈光。可是她想了想，覺得彩霞的炫爛更適合舞臺的效果，於是，她又熱切地向彩霞呼告。

而後，她發現樹芽的嫩綠新青，也許更襯得出她的舞裙，或者，紫羅蘭蓬蓬的紫，新鮮蛋黃裡的飽滿盈亮，樣樣她都喜歡。於是，她不嫌麻煩，一遍一遍地央告著，要他們都把最亮麗的顏色給她。

到了正式表演那天，小雪出場之後，媽媽驚叫一聲，像支撐不住過於膨脹的體重，終於昏了過去。小雪白著臉在臺上舞著、舞著，始終也可愛不起來。

所有經她邀約的顏色都來幫忙了，他們混在一起，經營出一個無彩的白色舞臺。

——選自《黃秋芳極短篇》（一九八八，希代）

賞析

本篇的主題有二：第一是「聰明者贏得掌聲」，第二是「聰明反被聰明誤」。只是這樣的「聰明」，頂多只能算是「精明」而已，並非真正的「高明」。

篇中前半，小雪經由「聰明」算計，掉落花冠，贏得「特寫鏡頭」；後半，小雪亦經由算計，過於求全，反而喪失自己特色，無法精彩演出。可見算計並非成功的保證，過度膨脹浮誇，每每壓垮自己。只有掂掂自己斤兩，發揮專長，適性適情表演，演出自家風味，才是平實的生命正軌。雖說適時「把握機會」（前半）非常重要，但能有「自知之明」(後半),深知「天才是放對位置的人才」,洞悉「嫩蕊商量細細開」的必要,凡事不宜猛浪操切,更是一門生命的學問。

攸關後半寓意,可以與鹿橋〈幽谷〉(《人子》,一九七四,遠景)參看。

楊照

簡介

一九六三年生，美國哈佛大學史學博士候選人。曾獲《聯合報》文學獎、賴和文學獎、吳濁流文學獎、吳三連文學獎及洪醒夫小說獎，其創作包括小說、散文、文化評論、文學評論等。現任《新新聞》總編輯。著有長篇小說《大愛》、《暗巷迷夜》，中短篇小說集《星星竹末裔》、《黯魂》、《獨白》、《紅顏》、《往事追憶錄》、散文集《軍旅札記》、《迷路的詩》、《那些人那些故事》，文化評論集《流離觀點》、《文學的原像》、《文學、社會與歷史想像》等，計二十餘冊。

胖

下午無心間講出的一句話，不知怎地，一直響在耳邊徘徊不去。

是在曉雲那邊，他突然心血來潮想起很久沒有量體重了。曉雲默默地放下手裡正準備切洗的青菜，到浴室搬出磅秤來。

站上去才發現肚子竟然挺突得遮住了磅秤指針，費了些勁總算看清楚指的數字，非常接近三位數。他不禁對著廚房空洞洞地感慨了一聲：「好像自從認識妳之後，就一直發胖。」

回家的路上，計程車一直停停走走的，而這句話就反覆地浮在他腦裡。「好像自從認識妳之後，就一直發胖。」他聽到自己這樣說，可是廚房那邊什麼反應都沒有。最近曉雲愈來愈不愛講話了。

以前不是這樣的。才不到三年前的事。那一次他也是站在磅秤上，家裡那個老磅秤，留學時代在美國買的，一群學生圍在旁邊七嘴八舌替他把磅換算成公斤。才五十七公斤。曉雲那時候喚他「老師」，「你太瘦了，應該多補一補啊。」學生年紀輕，講話比較欠考慮。曉雲這句話讓他太太心裡不舒服了好多天。他知道。

後來曉雲就請他去她住的地方吃飯。又是一群學生飯後擠坐在地上聽他講社會運動與左派理論。差不多兩星期就一次這樣的晚餐和聚會。慢慢地，曉雲邀請的其他學生愈來愈少。終於有一晚，他發現自己是唯一的客人。

就這樣開始和曉雲在一起。做愛、抨擊時政、談論理想，幻想未來。當然還有共同享用一頓豐美的晚餐。

對太太的歉疚是難免的。畢竟留學那段苦日子是和她並肩奮戰過來的，不是曉雲。而且兒子正開始懂事。他和曉雲的事愈來愈多人知道，他每天把自己關在浴室裡對著鏡子模擬和太太攤牌的那一刻。

那一刻一直沒有到來。他每天提心弔膽地打開門，迎來的永遠是太太歡愉的臉，從客廳沙發裡起身，輕輕拍掌兩下，說：「回來啦，吃飯罷。」那氣氛讓他覺得吃飯是件值得慶祝的事。於是不管原先在曉雲那裡吃過了多少，他都還是熱心地坐到飯桌前，再扒進兩碗飯，並和兒子比賽把桌上精緻多味的菜吃光。

每天都處在過飽的狀態下，難怪像吹氣球一般胖起來。計程車開到巷口，下車時，他這樣感慨著。

回家後，那句話繼續纏擾著他。在飯桌上，他忍不住拾起這個話題來抱怨：「胖真是不好，人愈來愈懶，動作也遲鈍了，體力差了，連注意力也不能集中，我漸漸地感到自卑起來了呢。」

尤其和二十剛出頭，長得愈發成熟姣美的曉雲相比配，格外令人自卑。不知究竟是這樣的自卑心理作祟，抑或是體型上純粹的技術問題，最近連和曉雲做愛都有難以克服的困難。以往熱情的曉雲現在也從不主動要了。當然這些麻煩是不能跟太太抱怨的。

「挫折感很深哪。」他說：「腦滿腸肥的模樣，講什麼貧窮、飢餓等社會問題，自己都覺得不對勁。學生也不愛來聽了。怎麼辦才好。」連曉雲也不再和他談這些了。他習慣性地每天黃昏到曉雲那裡去。可是兩人間沉默的時刻愈來愈長。曉雲有時大概覺得可憐他罷，會挑起一兩個話題，社會正義、反體制什麼的，然而就是談不起來。通常的結果是曉雲逃到廚房裡，把時間都花在做出一道道更精緻、更多味的菜餚來。

忽然一個影像在他腦裡飄過。他看到肥胖的自己，像條豬一樣，輪流到曉雲那裡和家裡讓人餵食。吃飯彷彿成了唯一的活動了。他深深的感嘆一聲：「多麼希望回到以前的模樣啊。三年以前……」認識曉雲以前。

邊說他邊夾了塊咕咾肉入口，嚼嚥時驀地接觸到太太的眼光。滿足的眼光。除了自己的手藝被肯定的滿足以外，還有點別的什麼……像是報復成功的滿足……

他覺得一陣反胃。匆忙起身到浴室裡，對著馬桶大嘔特嘔。他以為把整個擠滿油脂的肚子都吐掉了。事實上當然沒有。只是乾嘔一陣把眼淚逼出了眼眶，倏地紛紛掉落在圓凸的肚皮上，翻個身，跌到他看不見的地方去了。

——選自《紅顏》（一九九二，聯合文學）

賞析

讀完此篇，不覺想起：「尤物不仁，以逐色者為芻狗」（朱天文《荒人手記》）。在太太和曉雲的輪流餵養下，男主角變成一隻大豬公，成為情欲砧板上的祭品。

面對先生外遇，篇中太太的「手法」，堪稱一絕。不但不採「一哭，二鬧，三上吊」潑婦罵街的方式，反而逆向操作，反走「溫馨」（「迎來的永遠是太太歡愉的臉」）路線，堅持「即使管不住老公的心，也管住老公的胃」，完全是「賢妻」優質形象。再加上第三者曉雲「無心插柳」的「裡應外合」，於是快快樂樂地展開「有容乃大」、「姑息養『豬』」的策略。果然，天從人願，不出三年，圓滿達成目標，完成最和平最溫柔的「謀殺」，殺去老公的健康，殺去老公的自信，讓老公身材嚴重變形，成為人見人厭的「大肥豬」，肥到連他自己都自慚形穢，雖生猶死。

就外遇題材的報復而言，本篇跳出「自殘」、「自虐」的怨婦模式，跳出「互毀」

的復仇模式，完全順著對方欲求，讓男主角到最後自己摧毀自己，打敗自己。篇中手法之高明，反諷之深刻，堪稱此類箇中翹楚。

玫瑰

下午的太陽正熱著。她覺得自己好像在夢裡。或是在電影裡。在她面前是一棟只有在外國電影裡才會出現的大房子。頗有些年紀的管家吳奶奶正帶著她繞房子周圍參觀。

走向房子時，先會經過一池噴泉，純白的小石子圍著圓形石池鋪出一條路，路與草坪間種著貼地蹲矮不知名的木本植物，粗紮的枝子像廟戲裡的八爺般胖胖地長不高，上面掛著大片大片隨風搖擺變形的葉子，葉間卻開了不相襯的結構縝密、色澤單純的紅花。映在池水裡的陽光在白潔的池壁上折射出淺淺的寶藍彩調。池中央立著個抽象造型的石雕，從四邊深凹處閒逸地緩緩冒出水來。

房子看上去呈兩翼突出的ㄇ字型。ㄇ字中央處填高成一片園圃。吳奶奶告訴她園圃裡種滿了鬱金香。春天的時候各色鬱金香會從地底冒出來，整齊地展示飽滿的花球。那時節，從房子朝園圃這面的窗口望出去，不免錯覺以為一隊隊美麗的敵人正努力想侵湧進這棟表面全白的夢幻古堡。

一個左轉把她帶到房子東牆下。目前陽光曬不到的地方是一座玫瑰花園。裡面隨季節不同開綻著來自不同產地、不同品種的玫瑰。吳奶奶說這園裡收集了一百多種玫瑰。

「一百多種？」她不禁驚呼。

吳奶奶含笑點頭。她好奇地巡視各種樣式的枝葉，意外地竟發現一條表面光滑亮澈的嫩枝。「玫瑰也有不帶刺的嗎？」她問。

吳奶奶對著那枝條端詳一陣，說：「這品種是不開花時不帶刺。等它花季到來，妳等著看罷，一顆顆又利又尖的刺就爭先恐後地擠冒出來囉……」

帶刺的玫瑰花。她突然想起高中時，有一陣子如何地迷上這種被許多同學視為俗氣的花。「玫瑰是花中之王。因為她不接受廉價的青睞。她對每一個向她求愛的人收取昂貴的代價。生命也是如此，沒有不勞而獲的生命花朵。」她心血來潮在週記裡這樣寫。

其實她從來不是個文學的熱情愛好者。那天真的是被回家路上看到的景象感動了。市場口的花店在下午打烊時分把擱太久沒有賣掉的玫瑰丟出來，垃圾桶頂端無力地垂著幾盞半老的花蕊。由於人行道上還無序地堆了其他廢棄的東西，行人必須一個接一個小心地在垃圾間尋找落足點。走過被棄的玫瑰花旁時，他們都不由自主特別地屈歪身子努力避開依然僨張的刺。看在她眼裡，似乎即使是對將枯將亡，馬上要淪落到腐臭堆裡的玫瑰，人們還是不能不委屈自己，表現三分懼怕的敬意，因而那樣的句子不經思索地便出現在她腦中，而後又自然地化成週記上的文字。

她怎麼也沒想到平日對她相當冷淡的導師，竟然特別用紅原子筆把她這段話圈點了個淋漓的密密麻麻。龍飛鳳舞的字體在簿子頂端寫：「深刻有哲理的觀察！」她在不預期中得到這樣的稱讚，竟有點手足無措。慌張生怕別人看到地把週記闔緊深埋進書包裡去。

下次再寫週記時，不免就格外用心地想了一陣，最後決定還是再寫玫瑰：「不只人生像玫瑰，愛情也是。愛一個人妳得展現妳最美麗的外在，然而也要小心地保護自己，有時甚至必須刺傷他來提醒他要尊重妳。只有尊重才能帶來他對妳的內在美的了解和欣賞。」

這回簿子發還時，她心跳得彷彿要敲破胸腔的範限衝出來。她甚至不敢在座位上打開週記。早晨出門時就想好了，帶著平常月經來時裝衛生棉的小提袋，匆匆地把週記塞進去，一下課就躲進廁所裡。一入眼又是滿紙的紅圈劃。評語是：「妳對人生的觀察有超乎同年齡者的成熟。」她高興得差點因踢到馬桶邊緣而跌倒。

再下一個禮拜，她寫：「我們只知道喜歡或不喜歡玫瑰。其實真正對玫瑰多情的人，只能喜歡這朵玫瑰或那朵玫瑰。沒有能力專心愛一朵玫瑰的人，也不懂得人間真摯的感情。」評語是：「有詩的意境，也有少女浪漫的執著。」

後來她每天放學就坐在桌子前面想要寫進週記裡的心得格言。她強迫自己每天想一條出來。總是想起玫瑰，同時就想起導師那張年輕的臉。她們導師實在算不上英俊。她原本不喜歡他，然而現在她發現真正的問題是他五官結合配置的方法不恰當，其實各部位分開看都很完美漂亮的。她尤其常會想起他上唇和鼻子間，人中附近部位。與他年齡不相襯的，青少年式的淡色柔質汗毛從中間朝兩旁散列，到嘴角時配合著唇的弧線逐漸稀疏淡出，這特別給她一種心疼的感動，混在感激與崇拜裡。

她覺得那些格言成了她和導師之間的秘密。除了他們兩人之外，誰都不知道。而這些生命智慧同時也是她人生的夢幻，只有他懂得。

「人不應該作白日夢。可是又無可避免地需要一些夢想。所以一個成熟的人把所有不切實際的幻想在午夜之後大方地托交給睡夢，早晨鬧鐘響後，就勇勇敢敢地面對陽光照耀下清明的現實。」夏天快來，學期將要結束時，導師竟然模仿她的語調筆法，寫了這樣一段格言還送她。而且不是寫在週記簿裡，另外用一張粉紫色短箋，打過格子般寫得工工整整。看起來就像是該讓人把它放在玻璃墊下的模樣。

她真的因此跟家裡要錢買了一片玻璃墊。每天看著那字，不安地揣測那裡面究竟隱藏了什麼。一定有的，他一定企圖告訴她一些人生道理以外的東西，她堅持尋覓著。

暑假中消息傳來：他結婚了。她奇怪自己竟然不特別難過，反而有一點點預先猜中的得意，然後是一種被體貼了的溫暖感動。他一定是怕她受到傷害，所以特別事先寫了這樣一句話，要她一直勇敢地，像玫瑰花般地勇敢。她想。

於是聽到消息那天，她勇敢地、好好地享受了難得一場涼爽暴雨後，清澈如洗的陽光街道。和同學們去買衣服、吃冰、看電影。還在幾個死黨的慫恿起鬨下，到一家銀樓裡穿了耳洞。金針刺穿揉得紅熱的耳垂時，旁觀的女孩們尖叫歡笑，她只覺得一股細流不知怎地鑽透了層層岩石，噴湧出來，像清冷的泉水冰浸著她的心。

當晚十二時，錶上的秒針跳過午夜的間隔，泉水才開始化為淚源源地從心裡流進眼裡。然後流濕了整個棉絮鬆散的枕頭。

從那之後，她一直保持著每天等到午夜過後，在日記本裡寫下一段生活格言的習慣。格言作為她第二天行為舉止的指導原則，同時也是她私密間一個過去的愛情呼喚溝通的夢。

——選自《紅顏》（一九九二，聯合文學）

賞析

所有格言佳句，就像多方折射的水晶球，召喚想像的光輝。它可以是個人心靈感悟的輻射，也可以是通向彼此內心深處的秘密符碼。

篇中她源於生活的「形象思維」，訴諸「直覺悟力」的格言創作，先後堆起文字的秘密花園。這些妙手偶得的書寫，寫在週記上，原來寫給自己看，寫出來過過癮而已。孰料竟然空谷跫音，同幅共振，引起年輕男導師的青睞。於是，「心有靈犀一點通」的喜悅，「少女情懷總是詩」的浪漫，在文字的秘密花園裡搖曳生姿。直到年輕男導師回送她一段「格言」：「人不應該作白日夢，可是又無可避免地需要一些夢想。所以一個成熟的人把所有不切實際的幻想在午夜之後大方地交給睡夢，早晨鬧鐘響後，就勇勇敢敢地面對陽光照耀下清明的現實。」直到對方結婚的消息傳來，她做了「正向」「合理」的解讀，重回妙齡女子青春活潑的世界，告別這一段「意外」的文字因緣。

其實，人間行走，每個人都秉持一些信念，都有自己專屬格言佳句。一旦這些格言佳句能引起彼此共鳴，同聲相應，綻放交會時互放的光輝，便溫心暖目，淡中回甘，不虛此行。

作者

楊明

簡介

一九六四年生，東海大學中文系畢業，現任《中央日報》旅遊版。曾任《文訊》、《臺灣日報》、《自由時報》副刊編輯，《中央日報》「文心藝坊」周刊記者。獲《中央日報》文學獎小說類第二名。著有《在陽光下道別》、《我曾經做過這樣的夢》、《關於愛情的38種遊戲》、《人魚馬丁尼》、《春天的啤酒香》、《抓住愛情的滋味》、《走出荒蕪》等小說、散文集，計三十餘冊。

毛衣

夏天剛結束的時候，她買了棒針和一只淺灰色的毛線，學打毛衣是竹音好久以來的心願，始終不曾實現，主要還是因為她懶。可是，每每想及寒天，可以在暈黃燈光下，捧著暖茸茸的毛線織著，細長的針在手指間靈巧的穿梭，成就一襲足以禦寒的溫暖，光只是想想，便已使竹音感到甜蜜。

那時候，她常和瑞東出去，只能在臨睡前靠在床上織幾行毛線，學的是最簡單的平針，就連這毫無花式變化的打法，那三根針也不如當初想像中的穿梭靈巧，可是她不在意，睡時毛線就擱在枕旁，在熄燈後的墨黑空間中，竹音揣測著瑞東穿上毛衣的模樣，她想他一定會很感動，愛惜地撫摸著一針一線，上面有她的餘溫。

然而，毛衣的推演顯然比愛情的推演緩慢許多，一只毛線尚未織完，她和瑞東的故事便已走盡。入夜，她撫摸著不及三寸的毛衣下襬，心中十分惋惜。不久，她又認識了阿羅，不只因為離開瑞東後的空虛，阿羅對她真的很好，她在阿羅的陪伴下，到毛線行選了一只淺褐色的毛線，晚上，竹音又靠在床上，原本兩股線她只留下一股，另一股改成淺褐色的毛線，於是淺灰中夾雜了淺褐色，既然過去的記憶無法一把抹去，她也不願棄置淺灰的毛衣下襬，至於灰褐色夾雜的一段，是她新舊交替的心情，待灰線用盡，便是她對阿羅純然的用心，她相信阿羅會明白，他不會勉強她立刻拋掉過去。

不知道是愛情消逝的太快，抑或她委實織的太慢，第二只淺褐毛線，用了尚不及一半，竹音便和阿羅分手了。竹音打量著毛衣，從臀部已織至腰圍了，她估計再一只半毛線便可織到腋下，而袖子要如何織，竹音尚未學，眼看冬天即將過盡，她並不著急，她想她總會遇到屬於她的男人，及屬於那男人的顏色。

輪迴四季中，竹音很少想起關於季節的交替，原本在冬天握著暖烘烘的毛線，到了夏天便有些燥熱，只有打開電扇，長髮在耳邊搧呀搧的。她依然在臨睡前靠著床頭兩手不停地織著，淺灰與淺褐之上，又添了駱黃及橄欖綠，對於消逝的往事，竹音愈發不解，時而單純時而混雜的色澤，構築了一則微帶無奈的愛情故事。

夏天再度結束時，竹音終於開始織袖子，她選擇了煙藍的毛線，為她自己。這毛衣已成為她的一部份，給誰都不如給自己貼切，她明白一針一線的緣由，雖然都過去了，但她總為自己留下一點溫暖。當入冬的第一道寒流來襲，竹音穿著織了一年多的毛衣，打量鏡中的自己，所有她曾經揣想將穿上這件毛衣的男人，一一出現鏡中，覆蓋住她罩在寬大毛衣中的瘦薄身子。毛衣太大，蓋過臀部，袖子尚得捲起兩圈，然而毛衣溫暖的厚度圈裹著她，卻像那些男人寬寬的胸膛及臂彎。

出乎竹音意料之外的是，她擁有許多失敗的愛情故事，卻也擁有一件成功的毛衣，最簡單的平針因為複雜的色彩掩蓋住它原始的平凡，幾乎所有見過這毛衣的人都忍不住讚道：「好別緻的配色，妳怎麼想到的？」是啊！竹音是想不到這毛衣竟會出現這許多顏色，於是，她只淡淡答道：「沒什麼，只是織得太慢了。」

——選自《在陽光下道別》（一九八九，希代）

賞析

「愛情」的意義有二：第一、過程即目標。在談戀愛當中，彼此情意交流，同幅共振，共享心靈的美好，當下即是圓滿自足，即是「意義」的完成。並非一定要由談戀愛而走上地毯的那一端，並非一定要有「結果」才是戀愛的「目標」。似此，不論成敗的戀過愛過，在在彰顯愛情的「純粹性」，不強調愛情的「目的性」。

第二、失之東隅，收之桑榆。不論成敗與否，戀過愛過，都是一種體驗，一種成長。透過愛情，讓自己更加瞭解別人（「知人者智」），更加瞭解自己（「自知者明」），便是無形珍貴的收穫。女主角竹音「擁有許多失敗的故事」，擁有曾經甜蜜的回憶，進而

「擁有一件成功的毛衣」，確實是始料所未及的，自己給自己的獎賞。

結尾，竹音所說的「織得太慢」，充滿一絲絲無奈的感傷。然則「織得太快」，不也是另一種遺憾？是不是只有「織得剛剛好」，才會溫暖、幸福？

站在高處的人

他站在高處。

風從衣袖竄入，爭吵著擠向他的肌膚，薄薄的棉布襯衫鼓了起來，環腰一圈皮帶，又將他貼身紮了起來。他站在高處，倚著圍欄看海，前景一片遼闊，深吸了一口氣，他假裝不經意的往下望，其實是在人群中搜尋她的身影。他看見她坐在臺階上，一手按著被風吹亂的髮，偏著頭和旁邊的人聊天。海水在陽光下反射出刺目的光熠，遼闊的意念中是否也包括了迷茫。

他不希望有人發現他在注意她，於是他把眼光調向遠方。其實他根本不知道應該把焦距落在那一個點上，海浪、船舟、山頭，或更遠一點的白雲？他也不希望她知道分手兩年了，他還這麼在意她，可是他卻又希望能吸引她的注意。矛盾的想法在他心中糾結著。

這時候，她微微仰起臉，她看見他了，他興奮的想，他故意從口袋裡掏出一根煙，想要讓自己看起來更憂鬱些。女人看到分手的情人神情落莫，一定會有不同的心情，甚至生出某種感動吧！

風太大了，他點了幾次煙，都沒點著，他不得不放棄了。煙含在嘴裡，如果她以為他是在發呆，連含在嘴裡的煙也忘了點，那也不錯，將是另一種落拓。他注意到她從階梯上站起來了，她是不是要上來了？他有一點緊張。畢業前半年，他們分手了，班上同學甚至還不知道他們曾發生戀情。畢業後的頭兩年，男孩們都在服兵役，所以到第三年才舉辦了第一次同學會，三年沒看見她，她似乎比以前更吸引人。

他假裝出神望著海，如果她要上來，應該已經出現在他身旁了，這個平臺不過六層樓高，而且面積不及十坪，為什麼他還沒看見她呢？或者她也在猶豫，樓梯走了一半，便又躊躇起來。是否她早已忘了舊情？也或者她擔心他已有了新的女朋友。

他胡思亂想著，站在高處，而她仍然沒有出現。他兩手撐在欄杆上，假裝不經意的拿起相機獵取風景，一邊在鏡頭中尋找她。他找到了，她並沒有上來，她在海邊，和別人一起拍照。他有些失望，放下相機，卻似乎看見她往上望著，其實她是想上來的，只是沒有把握吧！

大四時的班代用手圈成傳聲筒狀大聲宣佈：「上車了。」他回身一階一階的往下走，他想也許他可以先和她打招呼，只是打個招呼，問她這幾年過得好不好？她會很高興吧！知道他關心她。當他走出建築，正好在走廊上看見她，她是刻意的嗎？算好了他這時候會走下來，製造一個不期而遇的機會。

「嗨！」她看見他，輕快的招呼著。

「嗨！剛才我在樓上看見妳……」

「在樓上的人是你啊？」她恍然大悟的說：「我剛才還在想是誰發神經，風這麼大還站在那兒吹風，原來是你……」

——選自《關於愛情的38種遊戲》（一九九六，皇冠）

賞析

站在高處，可以是彰顯，拓寬生命的視野；也可以是遮蔽，映射自己的「自以為是」。

居高臨下，高處不勝寒之際，莫不渴望「舊情」復燃的溫暖。於是，經由空間距離的幻覺，經由一廂情願的合理化，念念千流，男子內心充滿「身無彩鳳雙飛翼，心有靈犀一點通」的浪漫遐想。然而逮及自高處走下，與「現實」撞個滿懷，才知道「君心不似我心」，自己只不過是對方眼中站在高處的「瘋子」而已。原來自己站在高處，如在雲端，竟鑽牛角尖，走向令自己難堪的極端。

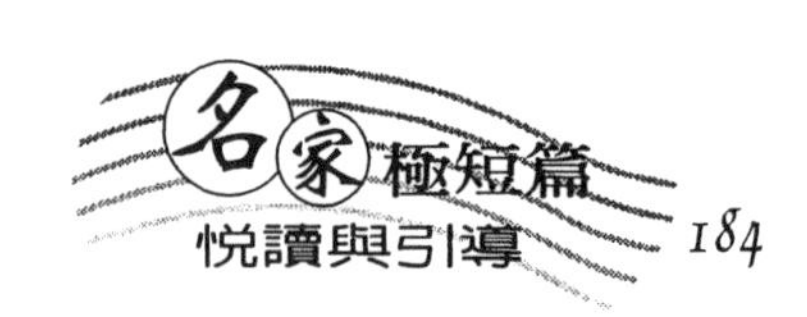

反觀卞之琳〈斷章〉四句短詩：

你站在橋上看風景，
看風景人在樓上看你。
明月裝飾了你的窗子，
你裝飾了別人的夢。

則跳出情節的特殊性（自作多情），總覽彼此間的互動關係（你站在高處看女子，女子在樓下看你），揭示生命的主客變化，呈現情境的哲思內蘊。而經由這樣比較，可以看出極短篇與新詩兩者在「表現」的差異。極短篇重情節的反差逆轉，新詩重情境的遞升、深化。

作者

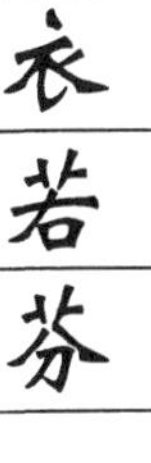

衣若芬

簡介

一九六四年生，台灣大學中國文學研究所博士。現任職於中央研究院中國文哲研究所。曾任輔仁大學中文系副教授，韓國成均館大學東亞學術院招聘教授。

著有小說集《踏花歸去》（林白出版社）、《衣若芬極短篇》（爾雅出版社）、散文《青春祭》（九歌出版社）。編譯《文房之美》、《梵谷》（藝術圖書公司）。編撰《觀人——面具底下的祕密》（人合物力出版社）。

學術論著有《蘇軾題畫文學研究》（文津出版社）、《赤壁漫游與西園雅集——蘇軾研究論集》（北京線裝書局）、《觀看・敘述・審美——唐宋題畫文學論集》（中央研究院中國文哲研究所）。並合編《世變與創化：漢唐、唐宋轉換期之文藝現象》（中央研究院中國文哲研究所）、合著《蘇軾研究史》（江蘇教育出版社）等。著作目錄詳見網頁：http://www.litphil.sinica.edu.tw/home/staff/res17.htm

口香糖

她不愛吃口香糖，但是她蒐集。

書桌上的一只小籐籃裡擺了各色的口香糖，幾乎是同一個品牌，那種提醒你在無聊時運動一下，以保口氣芬芳的口香糖。而她閒來無事時，並不遵照著運動，只是把口香糖當骨牌般排列成行，然後一根食指推倒。

這不是個有趣的遊戲，面對口香糖來說，除了放到口中咀嚼，你還可能做些什麼？口香糖沒有編號，否則她或許記得關於每一條口香糖的故事。一條口香糖是一場電影，以及邀請她看電影的男子。

她也不特別愛看電影，只不過那是個頂方便且適合都市人做兩個小時約會的休閒項目。

於是她接受每一個邀請她看電影的男子所買的愛心口香糖，並由此推斷電影院生意之興隆，否則賣口香糖的老人或殘障同胞當會認出她是常客。

當一個「電影情人」並沒有什麼不好，她覺得，在她尚未定心以及在她所能理解的範圍之內，電影院是個還算安全的地方。

問題是：她該如何處理這一籃子的口香糖？

也許已到了抉擇的時候，她想選出一條口味相投的口香糖，開封品嚐。

但是她又恐怕口香糖嚼久了，終究要丟棄。

——選自《衣若芬極短篇》（一九九一，爾雅）

賞析

「口香糖」是輕量級愛情的最佳代言，隱喻愛情的消費性格，見證著少年情事中「偶爾的思念」、「不確定的感覺」。

問題是「愛心口香糖」，不等於「真愛」。它只不過是愛情序曲中的裝飾音。重點在看電影約會之後，能不能情投意合，如膠似漆，展開愛情長跑，跑向紅毯的那一端。

在織夢的少男少女心中，常覺得「愛情像口香糖」，可以立即享受，立即拋棄，再換上另一種口味：

如果愛情像口香糖

好吃又不黏嘴

而在變淡變硬變得無味
變得煩人的時候
隨時可丟
那該多好（王添源〈如果愛情像口香糖〉）

然而，愛情終究不是口香糖，口香糖並不能當婚姻的柴火，更不能當飯吃。

本篇〈口香糖〉發揮愛情的隱喻，越嚼越淡的口香糖，就像褪色淡化的愛情，讓人重新思索「愛情」特質。

黑雨傘

這個世界，有很多黑雨傘。

每一把黑雨傘是一個屋頂，我們帶著我們的黑屋頂，掩住天空哭泣的面孔。

進入房子裡，我們有了堅實的屋頂，就把黑屋頂收起來，放在一旁，讓它慢慢滴去未盡的淚水。

這個世界的黑雨傘長得都很像，因此有的人會拿錯了別人的傘而不自知；有的人一丟了傘就再也找不回來，大概很少人能確切記得自己的傘的模樣。當然，我指的是黑雨傘。

如果你也用黑雨傘，不妨聽聽下面這一個故事。

有一男一女在飯館裡同桌吃麵，不說他們是一對男女，你就知道他們之間沒有什麼關係。

男的先吃完，順手拿起桌腳的黑雨傘，要去付帳。女的叫住他，說：「那是我的傘。」

「是妳的嗎？」男的問。

「是我的。」女的肯定地回答。

「那麼我的傘呢？」男的朝桌下找，沒找著。

「你帶了傘嗎？」女的也幫他找，地上只有一灘水，可以推測本來就只有一把傘。

「你的傘什麼色的？」女的問他。

「黑的，跟這把一樣。」男的把傘拿給女的看。

「你大概記錯了。」

「我應該明明帶了傘的，外頭下那麼大的雨，我怎麼全沒濕呢？」

女的往窗外瞧瞧，果然，大雨還在下，飯館裡人聲嘈雜，所以聽不見雨響，她說：「你往哪兒走，我送你一程好了。」

於是他們肩並肩走入雨中，由共同擁有一個活動的黑屋頂，走到共同擁有一個堅實的水泥屋頂。

直到現在，他們還不知道那一把傘究竟是誰的？不過這並不重要，重要的是他們從認識的那一天開始，就一起歷經風雨，互相為對方遮擋陰霾。

所以假使你也習慣用黑雨傘，你又沒有好的記性，我祝福你也有這般的運氣。

——選自《衣若芬極短篇》（一九九一，爾雅）

賞析

〈黑雨傘〉的重點，不在離奇情節，沒有意外設計；不在特定人物，男女主角均無名字；而在道具（黑雨傘）的內蘊、暈染上。

篇中，「黑雨傘」由背景、配件，一躍而為主體意象。黑雨傘不再是靜物的裝點，一躍而為律動的「媒人」，撮合男女「親切對話」，引爆彼此共同話題。於是，隨著時間推移，凝視傘下的兩人相視相擁，莫逆於心；終於珠聯璧合，佳偶天成。

由此觀之，「黑雨傘」不但是下雨天的最佳觸媒，更是共組甜蜜家庭的「黑屋頂」，尤其是冥冥不可測的命運，往往讓有的男女在拿「錯」之餘，反而「錯得好」，妙點鴛鴦譜，演出一齣喜劇。

然而，傘是聚（如本篇），傘也是散（如渡也〈永遠的蝴蝶〉）；其中機緣變化，情之所鍾的吾輩，如何能看透？

黃雅歆

簡介

一九六四年生，臺灣大學中研所碩士，輔仁大學中研所博士。曾獲臺大文學獎、八十二年教育部文藝創作獎散文獎第二名、第六屆梁實秋文學獎散文獎佳作，並參與公共電視節目企劃撰稿，獲金鐘獎以及多次新聞局優良影片金帶獎。現任國北師語教系教授。著有小說集《把承諾交給風》、散文集《旅行的顏色》、《打開心內的門窗》、《不可不讀的50首唐詩》。

一通電話

當兒子答應讓他負責接聽家中的電話時，他簡直興奮極了。做夢也沒想到有一天接電話會成為他生命中如此重要的事。

最初坐上輪椅時他還有著度假般的心情，天天在家中翻閱著書報。一直到人人要找的「吳董事長」從他換成了兒子之後，他才真正意識到自己在別人眼中只是個中風老人而已。媳婦體貼的為他請了全天候看護，又不理會他的抗議逕自安排了一些難以下嚥的健康食譜；兒子則似乎一下子能幹起來，有時他問起公司的事，兒子總安撫性的笑笑要他別操心；而芳芳和小強看爺爺的眼神也從崇仰變成了垂憫。一切的轉變使他在家人的眼中被迫成為一個孩子，這讓他很不舒服。

肢體的不順遂也讓他感到沮喪，抖顫的手使他連至少可以回公司批批公文的希望也粉碎了。後來是吃飯老是掉了一桌子的屑，但兒子媳婦甚至芳芳小強那種近似哄孩子般的安慰更教他覺得不堪。

自從聽說老年癡呆症與中風有關之後，他便開始害怕自己智力的退化，並懷疑家人就是如此看他的。譬如他怎麼也弄不懂多功能的電視按鈕、老是忘記隨手關掉洗手間的燈、或者偶爾穿反了衣服;這些連平常人也會出錯的事,家人卻總是一反常態、過分小心的對他說:您不要動,我來做就行。

他逐漸在家人溫和的斥喝中成為一個退縮的老人。但總有些事應該是他能夠做的吧。就像現在天天倚在電話旁等著鈴聲響起,讓他感到自己和自個家有了唯一的聯繫。兒子的、媳婦的、芳芳的,甚至小強的電話,他都一一的記下來。只是李與呂、黃與王,上午或下午,他常常弄錯;他可不承認這是自己耳背或腦筋糊塗,因為一時耳誤總是難免的。但是正在叛逆期的芳芳最難忍受這一點,認為爺爺壞了她許多要緊的事。常常他聽見芳芳在發脾氣,還有兒子和媳婦的竊竊私語,接電話時愈發地戒慎恐懼起來,一句話總要吞吞吐吐問上個兩三遍,教對方困擾不已。

不等兒子來找他談判,他主動提出再讓他試一個星期的要求。他戰戰兢兢地聽著電話,六天過去了,他就快通過考驗。十二點,他接了這星期最後一通電話,是兒子的,來自日本的林小姐。

怎麼會有日本的小姐?您弄錯了。兒子說。

不可能,我分明聽得清清楚楚。他堅持。

錯了!錯了!兒子不耐地說。

是嗎？媳婦冷冷地插嘴撇向兒子。

爸，您這是害我嘛。兒子氣極回房。

沒有錯，不會錯的。他極力的辯解。而偌大的客廳空無一人，兒媳在臥室中爭吵，沒有在意他的辯解。他無力的坐在客廳裡，想著自己連接電話的工作也要失去了。但是無法釋懷的卻是方才那通他全心全意接的電話，原來他再怎麼努力也是無用的，他對抗不了日益老化的軀體。終於他承認了失敗，相信自己不過是個遲暮的老人。

家中一如往常，但他正用一種驚人的速度在衰老中，沒有信心去處理任何事情，不再思索什麼，一切假手他人。

不到一年，在親友意料中，他的喪事在莊嚴肅穆中完成。

一年後，一個自稱是他兒媳的女子抱著孩子來到他家，她說自己姓林，來自日本，要兒子還她個公道……。

——選自一九九三年十一月十六日《聯合報》副刊

賞析

本篇是「兩種口味」的綜合極短篇。由特殊敘述觀點（中風老人）出發，再加上情

節發展的意外，引爆雙重震撼。

在現今社會，所謂「家有一老，如有一寶」，是指凡事能自己料理，活得精彩的銀髮族。一旦中風痴呆，行動不便，則是「家有一老，如根稻草」，逐漸被擱置在邊緣角隅，加速失焦，加快衰老，最後悄悄按下停止鍵，完成「家人的期待」。通篇自中風老人視角，描述他尋找自己價值定位，希望能在「剩餘價值」中找到自己生活重心，建立起自己一絲尊嚴，而非苟全性命於「曾經高高在上」的家中（吳董事長），成為「等死」的廢物。然而「接電話的工作」執行能力，言之確鑿的「日本林小姐」的來電，不被兒子承認，他賴以維生的「努力」終被取消，被證明是虛功；生存的信念全面崩盤，他只有乖乖變成莊嚴肅穆喪禮中的一張「顯考」遺像。

全篇的反諷，即在老人的「今非昔比」、「事與願違」中掀開；進而在兒子的「表裡不一」中再掀高潮，形成戲劇張力。至於後來，抱著孩子前來的日本女子會不會引發一場「家庭戰爭」？過世的吳董事長，講真話的吳董事長，也只能在天上靜觀這場「好戲」了。

頒獎

自從他知道畢業班學生有意發起全校老師票選活動，便開始感到不安了。當然，他並非怕學生會給他一個什麼可笑的頭銜，相反的，他是害怕得到太多的擁戴，那麼，在這個學校裡他的處境就愈來愈辛苦了。

從找學校教書開始，他就為自己俊美的外型所累，比方有一回他差點就拿到聘書了，臨時卻接到抱歉的電話。經側面消息才知是因為此校女生太多，校方寧可防範於先的緣故。他很清楚自己集各種優良條件於一身：瀟灑、年輕、最高學府博士候選人、學商業卻懂音樂、藝術，談吐不俗，更重要的是未婚。有這些條件他不想自負都不行，在校的時候已有不少女孩投懷送抱了，也難怪學校會擔心那些不經人事的尋夢女學生會因迷戀他而爆發師生戀的困擾。

所以，當他進入這所專科任教的時候就警惕自己千萬別鋒芒太露。可是有什麼法子呢？只能說是風采遮不住吧，他再怎麼樸素也還是一張俊臉，再怎麼內斂也總是得開口講話，至於他那些優良條件也在無意脫口中，由一向擅於打聽的學生們傳遍校園。不在他所能控制中的，什麼「最有價值單身漢」、「最具魅力男老師」等標籤一個個的貼在他背後，他知道自己成為學生（尤其是女學生）崇拜的對象了，甚至連學校未婚女老師也有意無意的在他面前挑起眉毛，更糟糕的是學校開始密切注意他的言行，部份男老師也發出他太過招搖的批評。

他感到冤枉極了。像他這樣安分而優秀的人在團體裡真的這麼難生存嗎？雖然對他青睞的學生、老師不少，可是有格調的他絕不可能照單全收的，只是，總不能拒人於千里吧。如果說同事間聊聊天、吃吃飯，就教對方傾心以待，他又能奈何？而學生的崇拜，他除了微笑相應之外，又該如何？難難難，真是太為難了。

學生的票選活動如期展開，每天都有新的耳語，當然，謎底要到最後才會揭曉。這種等候審判似的滋味讓許多老師深深不以為然，上課時的氣氛頓時怪異起來。他也感受到這種不尋常的氣氛，學生們像是有了尚方寶劍似的，越來越大膽。這種大膽，怎麼說呢？別的老師一致認為是一種挑釁，覺得是侵犯了師者的尊嚴。可是他沒有說出來，其實學生對他與其說是挑釁，不如說是挑逗。是的，挑逗。他簡直可以看到那些快畢業的、有著美好身段的女學生搧著睫毛的眼睛就要噴出火來；以及有事沒事就帶著醋勁逼問他和學校女老師之間的韻事；不然則要他發表對她們這年紀女孩的看法，譬如會不會動心之類的問題。無論他給什麼答案，學生們都尖聲怪叫，像見到大明星一樣一發不可收拾。

這就是他的魅力吧。如果說在他的內心沒有一絲絲得意，那是騙人的，但是他更在乎自己在學校中的位子。

因此他開始有意無意地暗示著學生自己不想成為票選明星的心意，一方面或多或少的附和著學校老師對學生「挑釁說」的理論；只有一點他做不到，就是設法讓自己惹人厭。基本上他是個很珍愛自己的人，要想辦法把自己弄得不可愛，簡直比失業還令他痛苦。

就到揭曉的時刻了。

在意料之中，他收到了畢聯會發的領獎通知。

去，還是不去呢?唉，去吧，去吧。

林秀雪老師得到最有氣質獎，周宗德是最有「份量」獎，還有最佳「苦旦」獎，常常口沫橫飛的則獲頒「天降甘霖」獎，以及最有人緣獎等等千奇百怪的項目。場內熱鬧非凡，到處都是學生的嘻笑聲。老師到場的卻寥寥無幾。

有學生謠傳著他將得到最具「票房」的封號，偷瞄著他曖昧的怪笑著。這時他真正緊張起來，當下打定主意，在學生請他上臺時他就搶先致謝詞，然後請他們別宣布獎項，他心領便是。

他果然這麼做了。

在一片愕然中，學生仍然宣布他得到了「最佳自做多情」獎。而且愕然的狀況沒有維持太久，全場立刻陷入瘋狂的爆笑裡，場面混亂到沒有人記得該上臺去頒獎給他，使他以便於能從臺上匆匆逃走。

——選自一九九三年九月二十七日《自立晚報》副刊

賞析

〈頒獎〉是「至聖鮮師」現形記，現代《儒林外史》又一章。

全篇由「超級水仙」（超自戀）的男老師展開，開高走低，先揚後抑，終而事與願違，形成尖銳反諷。在情節設計上，本篇並不在倒數第三段揭曉（他得到「最佳自做多情獎」）時收束，而力掀波瀾，再度轉折（「他搶先致謝詞」「別宣布獎項，他心領便是」），形成雙重意外。結尾「超級水仙」的他，自以為是的往自己臉上貼金，無疑將「最佳自做多情」獎做了最淋漓盡致的詮釋，難怪「全場立刻陷入瘋狂的爆笑裡」。果然，這個獎頒得「物超所值」，得獎者是絕對「自大加一點」，有夠「臭」啊！

事實上，雙重意外，二度轉折，最能激化極短篇的立意強度。換言之，本篇若少了最後三段，尖銳反諷的效果無疑將大打折扣。

當然，以「獎」為題，可以是「情節設計」的意外，如本篇；也可以是「敘述視角」的意外，如苦苓〈我得獎了〉；有興趣者，可將兩篇一同研讀，一窺極短篇不同的面貌。

鄭敦怜

簡介

一九六七年生，淡江大學中文系畢業。曾獲教育部文藝創作獎散文首獎、《聯合報》文學獎極短篇獎。現任國語實小教師，並為教育廣播電台「兒童劇坊」撰寫劇本。著有《信是有緣》、《鄭敦怜極短篇》、《廖添丁傳奇》、《見鬼不怪鬼》等小說、散文、兒童文學十餘冊。

同學會

她看到母親伏在她身上痛哭，大妹倒抽著氣嘶喊，父親和小弟跌撞撞衝出房間。床上的她，蒼白而瘦弱，身體正一點一滴擺脫高溫的束縛，疼痛已減輕到無法作怪的程度。因骨癌而斑爛的病腿，佈滿難看膿瘡，讓她十分難為情，真想用手拉起被子來遮住。

她愉快的挪動，輕輕吸口氣，鮮冷的空氣直竄進體內，像充氣般使她立刻飽滿起來。試著伸伸腿、搖搖手，她驚喜的發現，久病頹弱的手足，如同新生。肌膚光滑細緻，是好久以前春陽的顏色。

近日想到，同學會遲遲不能召開，只因她這個惱人的病而停頓至今。畢業前被選為第一次同學會的主辦人，然而，暑假期間，當其他同學接受分發，到學校去做個新鮮的老師。她卻拿了一張奉准延緩服務的命令，開始過著鄉下蟄伏的日子。終日平躺等待，一根掛蚊帳的竿子立在眼前。然而，日光所及的範圍，似乎日益低垂狹小於一日。她的日子不是魯賓遜刻在木條上的深痕，而是一根根戳在心中的長釘。

現在，她看到窗戶露白，奇怪自己怎麼睡得那麼沉。更怪的是母親流著淚哽咽的打電話，竟是她最熟悉的幾個號碼！記得自己明明沒託母親轉達什麼事？

她覺得精神出奇的好，和平而安全，彷彿不必費勁，空氣中的清涼就由毛孔滲進，清清甜甜。再過幾天就是元旦，有一連串假期，她高興的想起該著手準備同學會啦！步子又是往日的輕盈靈活，只一分神，就跨出門外。真想偷偷拎著提包去逛逛，卻連那樣小小的東西都提不動。沒法子，只好坐在床沿，羞澀的看母親替自己洗澡換衣。

她的蚊帳換成簇新的粗厚白布，睡得好好的床被挪到角落，搬來一只新得發亮的大紅漆盒，真是太浪費了。雖然，她嘀咕著：「我不喜歡紅的，我要咖啡色的。」家人還是硬把她擡進裡頭。幸好病中瘦了不少，不然，這個床實在太小了。

第二天，他們在她的新床上蓋上一層薄的透明的壓克力板，像個保溫箱！他們是趁她熟睡時弄的，根本不理會她略帶不耐的客氣。「我還不需要這種保護！」

第三天中午，同學陸陸續續來了，她熱情的打招呼，問是誰替她發通知單的？連問了好幾人，都沒人理，她一頭霧水。看昔日好友的言行舉止，頗覺怪異。那些同學一到家中，立刻到她那張放大的畢業照前，用一束香薰得她發昏，也薰得他們淚汪汪的。可是，他們連一句話都不對她說。

第四天，家人將她的新床載到郊區一隅。現在，她看清楚是怎麼一回事了，原來，他們想活埋她！在那麼多同學面前？難道他們也介意她的病拖累家庭？不行、不行！眼看著土一點一點的蓋住她的眼，她再也不能安穩裝睡，不能沉默的跟他們作遊戲了。

奮力一振。她慢……慢……飄了起來。

她打算等他們埋掉那具空棺，然後，和同學一道聚聚，難得一來就有三十個。

——選自《信是有緣》（一九八九，林白）

賞析

一般「同學會」是披枝散葉的尋根「歡聚」，而非淚眼凝噎的淒淒「死別」。本篇美其名曰「同學會」，其實是出殯前瞻仰遺容的「告別式」。

全篇採取「敘述觀點的意外」，經由「死者」戀戀風塵的視角，經由「死者」忘了已死的恍惚，終於得償夙願，一展笑容。而全篇亦在錯覺的「歡愉」語調中，兜出「死者」心理流程。結尾「難得一來就有三十個」的得意之情，溢於言表，分明是「喜喪」的最佳詮釋。

本篇可以和劉墉〈媽媽的同學會〉（《衝破人生的冰河》，一九九四，水雲齋）相提並論。又本篇亦可改寫，由前來同學的角度切入。請參筆者《作文新饗宴》頁二〇〇～二〇二（二〇〇二，萬卷樓）。

胖

她的體重愈來愈重，昨日站上磅秤，已經是九字開頭。面對著鏡子，她看見自己「長江後浪推前浪」的一圈圈肉塊，鼓得圓嘟嘟的腮幫子，像一個吹足氣的球。眼眉間被厚厚的脂肪推擠得陷下去，似乎要先打撈，才能看見眼珠子。

「天啊！這是怎麼一回事？」一度，她絕望的想移民東加王國，以便找回一些尊嚴。

受了一些美容小手冊的影響，她也認同「瘦才是美」、「一個人能先管理好自己的體重，才能做好其他」的理論。她很勤奮的節食、運動，最後只是加重心臟的負擔，狂跳到幾乎要衝破胸膛而出，更讓她難為情的，經常有人以為她是孕婦而讓座，她還相當年輕，已經不止一次有小夥子喊她「歐巴桑」。

有一天，當她一如往常虔誠晚禱準備睡覺時，似乎聽到一個聲音：「嘲笑自己。」她連問三聲：「什麼？」「誰在說話？」「什麼意思？」都沒有回音，只好悻悻然的上床。

第二天，她穿了一件自己製作的簡單直筒洋裝上班，有人稱讚她花色配得不錯。從前，她頂多淡淡一笑。這次，她決定據實以告。

「我自己做的。」她準備好好嘲弄自己一番。

「真的？你好能幹！」果然，同事驚呼。

「我長這麼胖，很早就學著做衣服，因為都買不到合適的尺寸。」

第一次，她發現同事們有「窺他人隱私」的愧疚。

中午休息時，她拿起毛線球開始編織，又有人如往常邀她加入聊天行列。

「不行，天氣變涼了。我比去年更胖，要趕快編冬衣才行。上次我到服裝店，看到一系列的小毛衣外套很容易搭配，我也要做一件。」

她發現跟著她織毛衣的同事，悄悄增加。

從前的朋友邀她爬山，並且慫恿說：「可能會遇著你的如意郎君喔！」她答應了，卻坦蕩蕩的笑說：「你沒看我這麼一座大山的體型嗎？男人看了還沒昏倒的大概都逃開了。」那個朋友哈哈大笑，她也有如釋重負的輕鬆。

她試驗過，最簡單的娛樂方法，就是拿自己開玩笑。愈說，對發胖的事實愈能自在。她說到自己到百貨公司試衣服，一連蹦裂了三件套裝。也說男孩子用機車載她時，常呈「獨輪行駛」。甚至說去學化妝的目的是：「趁五官還分得出時，趕快學會怎樣強調它們，免得以後再胖下去，連自己也找不到。」

在別人幾乎笑痛肚子的表情中，她找到一種從前刻意不提肥胖所沒有的快樂。她也想開了，反正胖與再胖一點對別人來說都沒什麼差別。有一些好取笑人的朋友，和以前一樣取笑她。她不再和以前一樣扭扭捏捏，反而大方的迎向嘲弄。人家說她：「用滾的就可以走下山頂。」她更加油添醋：「可以滾到太平洋，沿途還壓死不少人。」人家打趣要她陪著走夜路，可以嚇走壞人。她接得更快：「連鬼都嚇光了，怎麼有這種怪物？何況壞人？」聚餐時有人說她必定得點雙分才夠，她面不改色的杜撰：「有一次我走進一家賣米糕的，老闆趕快把『呷七碗免錢』的招牌收起來。」她協助任何有惡意的人嘲笑自己，如果找不到適當的詞句，她還能及時提供字眼。有一次惹得一個良心不安的朋友自責大哭，不少言語苛刻的在她面前都自然的收斂，免得罪惡感被觸動，一發不可收拾。

她的開朗態度，使得她交到一個男朋友，一個又高又瘦，「吃了一條牛還不長半兩肉」的男孩。兩人走在一起的模樣，簡直怪異極了。

怪的是，大家都覺得自然，沒人想引起話題。

——選自《鄒敦怜極短篇》（一九九二，爾雅）

賞析

胖的人也有快樂的權利，胖的人也可以找到自己的春天。但大前提是，要能跳出「讓別人看笑話」的框框，迎向「自己笑給別人看」的寬朗。

能夠坦然面對自己的「環肥」，能夠開自己「航空母艦」的玩笑，毫不在乎別人促狹的眼光；進而化黑色為幽默，化悲哀為詼諧，其實正是一種生活的智慧。尤其能不怕別人笑，甚而處處開自己玩笑，到最後，別人將笑不出來。因為這樣的豁達、幽默，往往會讓對方照見自己的「苛刻」，深感良心不安。

通篇藉由誇張語調，極力渲染女主角「胖妹」自我解嘲行徑，終能走過傳統「燕瘦」的審美煙霧，找到自己最佳拍檔，形成「胖妹」「瘦哥」的完美組合。誠然，兩個人身材各有缺失，但兜在一起，也可以是互補的絕配（We are impefect, but we can match perfectly）。

最後，建議作者，可以考慮將前半中的「嘲笑自己」，換成「放輕鬆」；「好好嘲弄自己」，改成「好好開自己玩笑」；讓全篇主旨到後面才出現，以收篇末「一錘定音」之效。

吳鈞堯

簡介

一九六七年生，中山大學財管系畢業。曾獲《聯合文學》小說新人獎、臺灣新聞報年度小說家獎、《中央日報》短篇小說首獎、《聯合報》短篇小說文學獎，執筆《自由時報》、《拾穗雜誌》、《幼獅文藝》、《中華日報》、《台灣日報》、《青年世紀》等專欄，現任《幼獅文藝》主編。著有《金門》、《龍的憂鬱》、《夢的故事海》、《夢的反叛》等散文、小說集十餘冊。

洗髮

老人把臉盆放在浴室外，粗聲粗氣往房裡喊：「水放好了，不出來還在幹什麼？」紅臉盆用久，盆底的鴛鴦戲水圖已不鮮艷。浴室外燈光略暗，牆角留著臉盆溢出來的水；水蒸氣一波波從盆面往上升。老人站著，水蒸氣先是熱、後轉涼，不需幾分鐘水將變冷。他又往屋裡頭叫，「水不燒了，快出來。」

房裡傳來衣服窸窣聲，右眼戴著眼罩的老婦慢慢走近。「喊什麼？厝這麼小間，小聲一點就聽有啦。」老人的喊叫令她生氣，但醫師交代視網膜脫落絕對不能拿重物、忌諱低頭，也要避免情緒激動。然而，她無法不激動，結縭大半輩子，家務事從來不需他費心，只不過是一盆洗頭水，他就大呼小叫。「走快一點，怕出力眼睛掉下來喔？」老人精神抖擻，帶著捉弄的笑意看她。

老婦視網膜開刀是幾週前的事，右眼出現一大堆胡亂飛舞的蚊子，驀然，世界只剩左邊，右邊漆黑一片。她眨了眨眼，有時逝去的世界又回來，她覺得神奇，以為是神明跟她開玩笑。有天下班，才要過街時玩笑又來，右邊世界失蹤，彷彿踩到陷落的部份，

她重重摔了一跤，兒子探問後才知道事態嚴重。

「醫生說視網膜脫落，要開刀，就像衣服破了要補一樣。」老婦想到開刀就害怕，兒子以她能夠明白的方式解釋。老人看見老婦時她已戴上眼罩，忍不住說：「變成獨眼龍，免上班也是不錯。」她累得沒脾氣反駁，他這輩子沒說過半句體貼話，嫁給他，便忙著做飯、上班、育子，到了睡前，還得巡視瓦斯、電源有否關好。視網膜脫落，還不是因為在成衣廠上班，眼睛使用過度的緣故？不能提重、低頭，所以不能自己放熱水，兒子回來晚了才請他幫忙，他就沒好氣地嚷。「再不洗，水快要不燙。」老人連輕聲也顯得粗俚，冬夜，水蒸氣已不像剛擱下時喧騰，這是出院後第一次洗頭，老婦看著水，臉色一沉。

「看，就會洗清潔喔？」老人說。老婦氣憤地答，「這是要怎麼洗，不能低頭？」不知道氣什麼，多日沒有洗髮，頭皮癢得厲害，請他放水還被奚落，水放好了卻不知如何是好。老人忽然把報紙鋪平，自己拿了張矮板凳坐在臉盆邊，「來，坐下。」老婦猶豫了一下，坐在報紙上後還是不知道該怎麼洗。老人粗魯地讓她斜躺，伸出右大腿讓她枕著。「趕快洗，水冷去囉。」老婦還沒反應過來，水已沾濕髮，流進後背的水像條冰棒，凍得她想笑。

她護著右眼，免得水往裡流，又怕左眼被洗髮水刺激，索性摀住臉。透過左手指縫映現的半邊視線，看見丈夫專心幫她洗髮，他五指凝力四處按摩，頭皮逐漸不癢。老婦遠遠看見兒子笑嘻嘻走近，老人故意說，「唉，真歹命，做工回家還要幫人洗頭。」她繼續摀著臉，直到控制好笑容，才把左手移開。

——選自《金門》（二〇〇二，爾雅）

賞析

本篇是「結髮為夫妻，恩愛兩不疑」（漢詩〈留別妻〉）的現代鄉土版。

篇中沒有「執子之手，與子偕老」的相敬如賓，亦無甜言蜜語的濃情浪漫，只見老夫老妻「瘋言」「氣話」，共同演出一齣「鬥嘴鼓」的詼諧喜劇。尤其篇中「老人」，以大男人的架勢包裝小男人的關心，以粗聲粗氣表達他的好意。於是，全篇在老人表裡不一的倒辭中，充滿「壞聲嗓，做好事」的粗魯野趣，寫活了老頑童「刀子嘴，豆腐心」的搗蛋行徑。

全篇掌握客觀「呈現」的小說藝術，藉由具體動作細節，映射人物心理。結尾，老婦先後行動（「護著右眼」、「索性摀住臉」、「看見丈夫專心幫她洗髮」、「遠遠看見兒子笑嘻嘻走近」、「繼續摀著臉」、「控制好笑容」、「才把左手移開」），在在流露不同

心理的微妙變化。似此具象刻劃，如同電影「特寫」鏡頭的運用，栩栩如生，讓人在觀賞之餘，不禁會心解頤。

又本篇，筆者《極短篇的理論與創作》（一九九九，爾雅）頁二〇二另有賞析。

作文簿

當我們走進蜿蜒的小路，會看見深秋的夾徑開著豆點大的相思樹花。我們稍微緩下腳步，一具鞦韆正垂下相思樹幹，被風輕輕吹晃，做著閒散的擺渡。如果風大些，如海潮般的相思樹吟似訴說雲朵的故事，我們聞到空氣中芭樂的香味，竟覺得連空氣都熟透了。

我們知道阿之家常年籠罩在芭樂的香氣裡。約莫秋天，阿之會拿出她作文簿，抬出桌子、椅子，坐在芭樂樹下，專心削鉛筆。

「阿之啊，妳可要好好讀書，你們歐陽導師來做家庭訪問，一直誇獎妳很會讀書。」開雜貨店的阿壽伯走到樹下，看了一眼發黃的芭樂後跟阿之說話。

「阿壽伯，天氣這麼熱，你是要去哪裡？」阿之的媽媽從庭院走來芭樂林。

「阿惠，妳真好命，女兒這麼會讀書，不像我家阿福，書都讀不會。」

「哪有，女孩子家會讀書有什麼用，還是你較好命。」村人在芭樂林進行既單調又趣味叢生的談話，阿之繼續削鉛筆，將嶄新的筆削成可愛的圓錐狀，謹慎地寫她的作文。

當她抬頭思索如何切入題旨時，會看見她稚氣的臉蛋鎖著疑問，那樣的表情彷彿在說：我要知道的事情還有好多好多，但總要等我長大才能了解吧。有時候，她跳下椅子，擱下長大的事情不管，淘氣地從相思樹上捉來昏睡的金龜蟲。在這個空檔，路過的人如果停下腳步，會看見阿之的作文本上寫著〈我的志願〉，以及阿之塗塗改改的跡痕。

長大後，我要做什麼呢？

秋爽的陽光明亮地灑進教室，阿之眼尖地發現，陽光被窗櫺隔開，成為一小塊、一小塊菱形，也注意到，紛嚷的灰塵不知在陽光金黃色的光柱裡爭執些什麼？

「各位同學，今天的作文題目是『我的志願』。所謂的志願，就是你們長大後的希望。」老師這麼說，阿之不禁想起還沒有上學前，她的最大志願就是當一名新娘。

「我要當最美麗的新娘！」她理直氣壯地跟高年級的哥哥、姊姊宣示她的抱負，他們笑得閉不攏嘴。「新娘又不是職業，想想別的吧。」

而現在，老師宣佈作文題目後，她想起她前年的志願是當護士、去年希望當老師，她覺得自己的志願小，姊姊說她的志願簡直羞死人了。

「琴真，你長大後要做什麼？」她小聲問隔壁的同學。

「我長大後要當科學家。」琴真像守護天大的祕密小心地說，也問阿之的志願是什麼。阿之正想說時，琴真的作文簿卻被男同學搶走。

「你們知道琴真長大後想做什麼嗎？」搶走作文簿的男同學大聲說，「琴貞說她以後要當科學家，真好笑，數學不及格還想當科學家。」

「俊明，快把作文簿還給琴真。」阿之說，她覺得有責任幫她要回來。琴真趴在桌上，以為她害臊，沒料到她竟然哭了。

「快點還——」她大聲喊，但老師不在，男同學都變野，不管她喊得多大聲，俊明只顧著做鬼臉。阿之不知道該怎麼辦。如果我長大，我應該知道怎麼對付頑皮的俊明、如何安慰哭泣的琴真？然而，她只有八歲大。

男同學的惡作劇竟兇過爸媽的苛責，不知道哪裡來的委屈，她也趴在桌子上，不明就裡地哭起來。透過桌子下的空間，她看見菱形的陽光正一點點拉長身形，慢慢侵蓋她的白色球鞋，往深黑色的黑板爬去。

要是二十幾年前，我們走進相思樹花圍繞的蜿蜒小徑，我們會聞到甜甜的芭樂香。我們常忍不住要吞口水，不禁想趁著天暗下來的時候，偷偷爬上阿之家的圍牆摘芭樂。

我們會裝做什麼事也沒發生，把芭樂埋進米缸，隔幾天，再拿出已催熟的芭樂，邊聞邊吃。

偶爾運氣好，阿之會慷慨地打開盛滿芭樂的籃子。

「阿福、阿修，還有俊明，這幾個芭樂給你們吃。」這時，我們反而覺得不好意思，卻還是貪婪地伸出手。

「謝謝你，阿之。」我們會咬著豐嫩的芭樂，心裡想著在秋天遇見阿之，就可以享受吃芭樂的幸福。但我們也會看見，阿之的籃子除了芭樂，還有作文簿。

「你的作文還沒有寫呀！」

「還沒寫好，塗塗改改，不知該寫什麼。」阿之說完會不好意思地低下頭，突然發現跟男生說太多話，急忙走進屋子。

秋天，就這樣愉快地在我們的嘴裡發酵。因此，我們常要相約，一起坐在芭樂林對面的相思樹下，看三、五個淘氣的小孩爭鞦韆玩。秋天的陽光舒服地躺在身上，慢慢伸展它的時間，我們要求自己，什麼事也不要想、什麼事都緩一緩再去做。

我們會看見相思樹梢輕拂天空時，藍天好像靜靜低下身來，告訴我們：當我們還小時，它就是這樣哄著我們睡覺的。但當風向改變，傳來芭樂陣陣迷艷的香氣時，我們會忽然坐起，盯著阿之家，巴望阿之趕快出現。

然而，當現在真的是現在了，我們走進蜿蜒小徑，相思樹花像漫天灑下的故事，隨風灑落一些些淒迷、一點點眷戀。我們自問：難道二十年後，當我們的衣著變鮮艷，卻還渴望伸出顫抖而興奮的小手，歡天喜地接下當年得用雙手捧、如今卻已握不滿手掌的芭樂？

我們不自禁伸出手，彷彿阿之真的走來，在我們的手心放滿芭樂；而當我們細視，卻是阿之在樹下寫作文，然後頑皮，爬上樹捉金龜蟲。

「阿之一點兒都沒有老。」我們嘆息，心中無限感傷。

「要是阿之寫完作文，我們至少知道她的未來會是什麼模樣。」

「我們知道，阿之很小很小的時候，她最大的願望是當美麗的新娘。」我們看見綁辮子、爽朗微笑的阿之。記憶中的阿之總在笑。

我們也看見，小學三年級或二年級發生的事，她吃了壞東西？發燒？出冷汗？有沒有送醫院？夢囈中，她還想著作文嗎？歐陽導師那一天是這樣說的：有些事情小孩子不該懂，也不該看。但我們經常在想，她在窄小的睡榻裡會不會害怕？她的靈魂是不是也長大，大得可以當一位美麗新娘？

我們靜靜坐在相思樹下，看阿之專心削鉛筆，攤開塗塗改改的作文簿，想著她未來到底要做什麼。我們嘆氣，卻也敲著俊明的腦袋。

「你知道嗎?阿之從小就喜歡你了。」

——選自《金門》(二〇〇二,爾雅)

賞析

這是篇抒情極短篇,以相思樹、陽光、甜甜芭樂香為柔焦,帶出童年往事中「阿之」的一生。沒有荒煙蔓草的冷寂,只有場景、人物「示現」的逼真幻覺,浮動時空推移的迷離氛圍。

全篇不重情節設計,不執意探究阿之夭逝的理由(「她吃了壞東西?發燒?出冷汗?有沒有送醫院」),一切自自然然向前推衍,阿之永遠停在八歲,永遠懷抱「當最美麗的新娘」的志願,綁著辮子寫未完成的作文,嘴角溢出笑意。而阿之「最美麗的新娘」的如意郎君、歡喜冤家——俊明,只能在二十年後,自死黨(阿福、阿修)口中得知阿之的「秘密」,悠悠恍恍浮現「此情可待成追憶,只是當時已惘然」的一絲絲酸甜滋味。

似此極短篇,揚棄情節的刻意安排,重建當時現場,搖曳氛圍的抒情點染(「陽光被窗櫺隔開,成為一小塊、一小塊菱形」、「紛嚷的灰塵不知在陽光金黃色的光柱裡爭執些什麼」、「菱形的陽光正一點點拉長身形，慢慢侵蓋她的白色球鞋，往深黑色的黑板爬去」，「秋天，就這樣愉快地在我們嘴裡發酵」、「藍天好像靜靜低下身來，告訴我們」），形成若有若無的指涉情境，反而留下更寬廣的回味空間。

西洋極短篇

作者 馬克吐溫

簡介

Mark Twain,1835-1910，美國著名小說家。本名Samuel Langhorne Clemens，生於密蘇里州，青年時期作過多種工作，如印刷工人，密西西比河汽船學徒舵手等。「Mark Twain」為其筆名，即出自駛船術語「二噚深」之意。文筆幽默風趣、誇大生動，諷刺犀利。但一八九四年之後，經濟受打擊，亦漸有憤世嫉俗之作。

人生的五種恩賜

一

人世的早晨，好心的仙女帶著籃子來說：

「這裡的贈品，只能拿一件，留下別的。你得細細地，賢明地挑選！這其間只有一個有價值的。」

贈品有五個：名聲、愛情、財富、快樂、死。年輕的人熱心地說：「沒有考慮的必要。」於是，他選了快樂。

他踏進社會，找到了年輕人所喜歡的快樂。但一個挨著一個接踵而來的快樂，都是短暫的，使他沮喪的，而是徒然的空虛。而且每當快樂臨去時，都嘲笑了他。最後他說：「這些年我都浪費過去了。如果能讓我再挑一次，我一定作賢明的選擇。」

二

仙女出現了。她說：

「這裡仍留有四個贈品，得再選一次，但千萬不要忘記——光陰似箭，其中只有一個是珍貴的。」

他考慮了一回，選擇了「愛情」，但沒有注意到仙女眼中的淚光。很久很久以後，在一幢空曠的屋子裡，他坐在棺材旁邊。他一個人沉思著說：「一個一個離我而去，最親愛的，最後的她也離開了我，現在躺在這裡。陣陣的寂寞侵襲著我。『愛情』這個不可靠的商人，賣給我一個鐘頭的幸福，我得付出一千小時的憂傷作為代價。我打心底來詛咒你。」

三

「再挑一次罷。」仙女說：「過去的歲月曾給你帶來智慧。——確是如此。還剩有三件贈品。只有一件是有價值的——不要忘了，小心地選罷。」

他考慮良久，選擇了「名聲」。仙女長嘆而去。

時光飛逝，仙女重臨，站在熒熒獨坐在暗淡的日子裡，沉浸於深思中的他的背後。她知道他的心聲：

「我已名滿全球，口碑載道，曾幾何時常自鳴得意。但時間是多麼短暫呀！繼而，忌妒、誹謗、中傷，仇恨、陷害、交相而來。跟著來的是嘲笑，是結束的先聲，最後的下場是憐憫，相當於埋葬名聲的葬禮。苦澀而折磨人的名聲喲！全盛時是塗泥的目標，隨著衰微而來的是輕蔑與憐憫。」

四

「再選一次。」仙女的聲音說：「還剩有兩個贈品。不要灰心。開頭這裡只有一個有價值的，仍在這裡。」

「財富——就是力量！我的眼睛多麼不靈光呀！」他說：「憑此，人生終究還是值得留戀的吧。我要盡情揮霍，一擲千金，直至眼花撩亂。使那些曾愚弄或輕蔑我的人，在我的眼前匍伏於塵埃之中，而藉他們的羨慕填飽我饑餓之心。我要囊括人們所有的一切奢侈，所有歡樂，心蕩神怡，使肉體滿足的任何物什。我要去買，買，買盡一切。敬意、尊崇、尊敬、崇拜——凡此膚淺的世界市場上所能提供的人生虛偽的美德，莫不網羅。我已錯過了太多的時日，一直作了不高明的選擇，但過去的讓它過去算了。過去我一無所知，而竟就外表上便自認為盡善盡美的事物。」

三年的歲月匆匆而逝，他坐在簡陋的閣樓上縮瑟的日子來臨了。憔悴、蒼白、目眶深陷、衣衫襤褸。他啃著又乾又硬的麵包，囁嚅著說：

「世界上一切贈品只夠咒詛，全是些美麗的騙人謊言！盡是些冒牌貨。那不是贈送的，只是假手借你而已。快樂、愛情、聲名、財富，盡是永遠的實體——苦痛、悲哀、恥辱、貧窮——的一時偽裝罷了。仙女的話是真的，她所有的東西中寶貴的只有一個。我現在才曉得，那無比珍貴的賜與，能讓你的肉體的痛苦與腐蝕你心靈的恥辱與悲哀，沒入永恒無夢的睡眠之中。同這親切、甜蜜、多情的賜與比起來，其他的贈品是顯得多麼可憐而一無價值的廢物。拿它給我！我疲倦了，我想睡。」

五

仙女來了，再帶了來四種贈品，但其中沒有死亡。她說：

「我把死亡送給了一個母親的可憐的小孩。小孩子什麼都不知道，他相信我，要我代挑。你沒有說過要我代勞。」

「啊，可憐！我還留有什麼呢？」

「那祇有你不值得接受的：風燭殘年的無端的侮辱而已。」（雷一峰譯）

——選自《馬克吐溫名作選》

賞析

本篇為寓言極短篇，屬於馬克吐溫另類的「辛辣」、「悲觀」之作。

藉由四次選擇（快樂、愛情、名聲、財富），四次「開高走低」的經歷，男主角深知所謂「人生的恩賜」，並非恩賜，到頭來常是詛咒；表面的美好、甜蜜，到頭來常是醜陋、苦果。於是，經由一再的期待與幻滅，男主角陷入深深的彈性疲乏，終由厭倦擺

向死亡，選擇「永恒無夢的睡眠」。

馬克吐溫此篇，首在提醒吾輩汲汲追求的財、色、名、利等，並非只有優點，沒有缺點。須知一切的「有」，到後來都會變成讓人窒礙難行的「囿」。其次，提醒吾輩「人生的恩賜」，並非只是「選擇」。而是在「選擇」後能「看開」、「放開」，凡事不計較，不比較，悠遊在「得之，我幸；不得，我命」的寬朗自在中，而非陷溺在患得患失無盡焦慮的深淵。

至於篇末，男主角選擇死亡，選擇精神上的棄守，並不足取。因為，死亡是生命的休止符，並無法解決任何問題；尤其從宗教的觀點來看，死亡絕非「人生的恩賜」，而是來世更大的災難。似此「選擇」中的弔詭，值得吾輩凝視諦思。

作者

凱特・蕭蘋

簡介

Kate Chopin, 1851—1904，美國重要女性主義作家，出生於聖路易，本為家庭主婦，一八八四年其夫過世後開始發表一系列短篇小說，取法莫泊桑、惠特曼等作家。一八九九年出版《覺醒》（*The Awakening*），大膽剖析女性情慾、兩性婚姻問題，引起文壇軒然大波，並遭抵制。但現已公認為經典之作。

一小時的故事

他們知道馬拉德太太患有心臟病，因此以儘可能柔和口吻小心翼翼地告訴她先生死亡的消息。

她姊姊約瑟芬，以斷斷續續的語句，夾雜朦朧的暗示告訴她。那時，她先生的朋友理查斯也在場，就在她身邊。當火車失事惡耗傳來，理查斯正在報社辦公室。乍見布蘭特里．馬拉德的名字第一個出現於罹難名單上，他稍花了些時間查看第二次電報，確定消息屬實；便立即採取措施，以防大而化之、不夠溫善的朋友把這惡耗傳開。

她聽到這件事故，並不像婦人面對同樣情境而以迷惘的無力感來承擔。猝然，她失聲大哭，狂亂地癱倒在她姊姊懷裡。而後當哀傷的風暴停止，她一人獨自走入房間，不許任何人跟著。

房內，正對敞開窗口，有張舒服寬大的扶手座椅。她將自己拋進去，深覺周身的困頓疲倦侵逼而至，似乎也逼入她的靈魂。

在她屋前廣場，她看到所有樹梢正抖擻出新春的生命。空氣中，浮動雨水甜美的氣息。下面街道上，一個小販正吆喝著他的貨品。不知是誰的歌聲自遠處依稀飄來。密匝匝的麻雀在屋頂吱吱喳喳。

直對她窗口的西方，白雲逶迤相連，層層疊疊；以致片片藍天自其間露了出來。她坐著，頭靠椅墊。除了喉間的啜泣使她抽搐外，她一動也不動，如同小孩哭著入睡後仍在夢中抽噎。

年輕的她，有一張漂亮、沉穩的臉，臉上的線條呈現出壓抑，甚而蘊藏著某種力勁。如今她的眼神一片茫然。她的眼神落在遠遠天邊的一片藍空上。然而那並不是滿含沉思的眼神，其中並未閃出任何智慧的光輝。

此際，有不知名的東西正朝她逼近，她恐懼的等待。那是什麼？她不知道。那東西太微妙，叫不出名字，但是她感受到它的存在。它自空中緩緩走來，自空氣中洋溢的聲響、氣味、顏色裡來到她身上。

現在，她胸脯劇烈地起伏著。她開始感覺到這個東西要前來支配她，她堅定意志，努力想將它擊退；但如她那蒼白纖細的雙手，意志軟弱乏力。

當她沉溺於自我世界片刻後，有幾個字自她微張的唇間悄悄溜出來。她不停反覆說道：「自由！自由！自由了！」原先那空洞眼神及懼怕的神采，自她眸中消失了。她的眼睛變得犀利、明亮，脈搏加快，身內奔流的血液溫暖起來，使得她混身每一吋肌膚都放鬆了。

她並未停下來思索：那控制她的，是否為荒誕的欣喜之情？然而另外清晰、高度的悟力，使她無視於這樣的念頭。

她知道，當她目睹那祥和、溫柔的雙手在死亡時仍舊交叉著，那張向來含情默視她的臉，已變成僵硬、灰白、毫無生氣，她會再度哭泣。但是除了這片刻痛苦之外，她更預見即將來臨的漫長日子完全屬於她自己，她張開雙臂，歡迎未來的歲月。

在那些未來歲月，她將不必為任何人而活，她只須為自己過日子。也不會有霸道的意志來支配她。然而這種盲目的執拗，亦即男女都認為，他們有權將個人意志硬加在另一個伴侶上，不管是善意或惡意，無疑是一項罪惡。在這豁然開朗的瞬間，她如是思索著。

有些時刻，她是愛他。然而大多數時刻，她並不愛他。但這又有什麼關係？愛情，這神秘無法解開的愛情，在面對她這頓悟而企求自我權利的覺醒，要如何來詮釋？那是她生存的最大動力啊！

「自由了！軀體和靈魂都自由了！」她不停低語。

約瑟芬跪在緊閉的門前，將嘴唇貼近鑰匙孔，哀求道：「露易絲，開門！我求妳，開門——妳會讓自己病倒。妳在做什麼？露易絲？看在老天面上，開門吧！」

「走開，我不會讓自己病倒。」不！從那敞開的窗口，她正暢飲人生的萬靈丹。她的想像盡情馳騁在她前面的未來時光；春、夏、以及各種完全屬於她的日子。她立即祈禱；她會長命百歲。然而就在昨天，她還顫慄地想：這輩子活太久了。

最後，在她姊姊不斷哀求下，她站起來，把門打開。在她眼中，流露出狂熱的神色。她不期然展現勝利女神般的風姿。她緊纏住她姊姊腰圍，而後一起下樓。樓下理查斯正站著等她們。

有一個人拿一把彈簧鎖鑰匙，打開前門。竟然是布蘭特里·馬拉德走進來。他雖有點風塵僕僕的模樣，卻安然自若地提著旅行袋和雨傘。他根本離出事現場很遠，甚而不知那裡發生意外災難。因此，他站著，吃驚地面對約瑟芬刺耳的哭叫。理查斯迅速地擋在他面前，使他看不到他太太。

但理查斯的動作太遲了。

當醫生來時，他們說他太太是死於心臟病——因過度興奮而喪命。（顏藹珠譯）

賞析

這篇極短篇的重點，不在於惡耗誤傳，而在於惡耗誤傳後的連鎖變化；由一個「反轉」的單一意外，兜出兩個「反轉」（「狂喜」、「狂悲」）的雙重意外，形成深層反諷。

當惡耗（馬拉德火車失事）傳來，露易絲內心深處，如聞喜訊，終於可以脫離婚姻枷鎖，免除精神牢獄之災，重獲自由；從此，自歌自舞自開懷，且喜無拘無束。然而，世事難料，「惡耗」竟非「美夢成真」。不到一個小時，馬拉德竟安全無恙，出現眼前。露易絲無法接受失事名單竟然「擺烏龍」的「殘酷玩笑」，硬生生彩色的人生立刻重回黑白；原本長紅的變故，竟六十分鐘內，半路夭折，拉出長黑收場。於是，心臟再也無法忍受「狂喜」、「狂悲」的雙重打擊，終於完全罷工了。

全篇第一層反諷，在於姊姊怕妹妹傷心過度，孰料她卻竊喜若狂。第二層反諷，在於親友說她因先生平安歸來太高興了，結果心臟病發作。孰料她是失望透頂，結果一命嗚呼。而人世的表裡不一、禍福相倚，往往如此糾纏連環，令人瞠視扼腕。

作者 王爾德

簡介

Oscar Wilde, 1854—1900，原籍愛爾蘭的英國作家、詩人、批評家。生於都柏林。文筆巧妙機智，著有童話《快樂王子》、長篇小說《道林・格雷的肖像》、戲劇《少奶奶的扇子》、《理想丈夫》、《莎樂美》等。最擅長寫作社會喜劇（Social Comedy）所著劇本有部份批評家認為是蕭伯納喜劇的先驅。

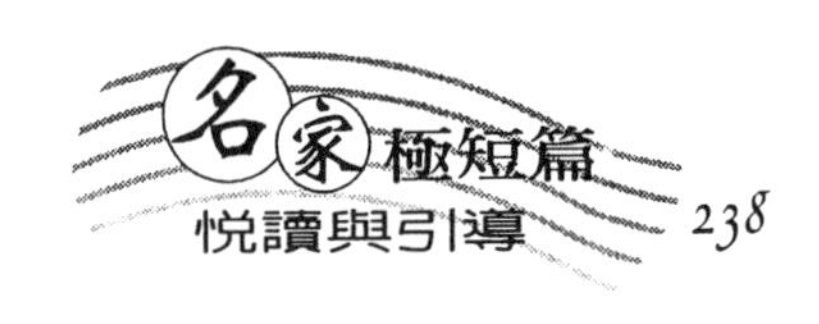

自私的巨人

每天下午孩子們只要一放學，總要到巨人的花園裡玩耍。

花園又大又可愛，並有柔軟的翠綠草坪。草地上美麗的花朵像星星般到處綻放著，而且還有十二棵桃樹，春天會開出粉紅色及珍珠色精緻的桃花，而到秋天，樹上就結滿纍纍的果實。樹枝上小鳥美妙的歌聲總讓孩子們停下遊戲，專心聆聽。「我們在這兒好快樂啊！」孩子們互相高喊著。

有一天，花園的擁有者巨人回來了。他到英格蘭西南部拜訪他的巨人朋友，在那裡住了七年。七年後，因為該講的話都講完了（他的對話相當狹隘的），巨人決定回到自己的城堡。他一回來，便看見孩子們在花園裡嬉戲。

「你們在這兒幹什麼？」他大聲咆哮，孩子們就都嚇跑了。

「我的花園就是我自己的花園，」巨人說道：「任何人都該知道這檔子事，除了我自己，誰也不准在花園裡玩。」於是，他在花園四周築起一道高高的圍牆，還豎了一塊告示板，上面寫著：闖入者必處死刑他是一個非常自私的巨人。

可憐的孩子們現在無處可遊戲了。他們想在馬路上玩，可是馬路上除了灰塵瀰漫還有很多堅硬的石頭，他們不喜歡在馬路上玩。他們常常在放學後繞著花園圍牆閒晃，談論著圍牆內的美麗花園。「我們在裡面時多麼快樂啊！」孩子們互相訴說著。

春天到了，處處花兒綻放，鳥兒歌唱。只有自私巨人的花園裡依舊是寒冬。因為花園裡沒有孩童，鳥兒也就不想在花園裡高歌，樹木也忘了開花。曾經有一朵美麗的花兒從草叢中探出頭來，不過它一看到告示板，替孩子們感到悲傷，便把頭縮回土裡，繼續睡覺了。花園裡只有雪和霜興奮無比。「春天忘掉這座花園啦，」他們叫道。「我們可以在這兒住上一整年了。」大雪用它厚厚的白斗篷蓋住草地，寒霜把樹木漆成銀白色。然後，他們邀請北風上門，北風很快地進來了。他全身包著皮裘，整天對著花園狂吹猛吼，把煙囟頂管都給吹落了。「這真是個舒服的地方，」北風說道，「我們該邀冰雹來拜訪一下。」於是，冰雹也加入團隊。冰雹每天在屋頂上蹦蹦跳三個小時，弄破了大部分的石板瓦，然後快速繞著花園狂奔。他全身灰灰的，氣息像冰一樣寒冷。

「我真不懂，春天為甚麼遲遲不來，」自私的巨人坐在窗前，向外看著冰封的白色花園說道：「我希望天氣能有所改變。」

然而，春天卻一直不來，夏天也是。而秋天賜予每個花園金黃色果實卻什麼也不給巨人的花園。「巨人太自私了。」秋天說道。所以巨人的花園裡一直是冬天，還有北風、冰雹、寒霜以及飛舞在樹木間的大雪。

一天清晨，巨人醒來仍躺在床上時，聽到一陣可愛的樂音。它是如此悅耳動聽，巨人想一定是國王的樂師們正路過此地。事實上，那只不過是巨人窗口一隻小紅雀的歌聲，巨人卻因太久未在花園裡聽到鳥叫聲，而把它當成世界上最美妙的音樂。然後，巨人頭頂上的冰雹不再蹦蹦亂跳，北風也停止呼號，一股迷人的花香經由窗扉飄向巨人。「我相信春天終於來臨了。」巨人說道。他跳下床並往外觀看。

他看到了什麼呢?

他看到一幅最奇妙的景象。孩子們透過牆上的一個小洞爬進花園裡，而且坐在大樹的枝幹上。他在每棵樹上都看到一個小朋友。樹木對孩子們重返花園都非常高興，便綻放出花朵，並在孩子頭上輕柔擺動樹枝。鳥兒雀躍飛翔，還愉快地歌唱，花朵從綠草中仰望，歡喜笑開懷。這真是幅美好的景緻，只不過，花園裡只有一個角落仍是冬天。這個角落在花園最偏遠的地方，有個小男孩正站在那兒。他個子太小了，無法爬上樹，只好繞著樹走，悲傷地痛哭著。這棵可憐的樹仍舊蓋著霜雪，北風也在四周吼叫。「爬上來啊！小朋友。」樹說著，並儘可能地彎下樹枝；不過，小男孩真是太小了。

巨人看見窗外景象，心就軟化了。「我是多麼自私啊！」他說道：「現在我知道春天為甚麼不到這兒來了。我要把那個可憐的小男孩抱上樹梢，然後還要拆掉那面牆，而且我的花園將永遠是孩子的遊樂場。」他對自己過去的作為感到很懊悔。

於是他下樓，輕輕地打開前門，走進花園。然而，孩子們一看到他便嚇得落荒而逃，花園又變成冬天了。唯一沒跑的是那個正在哭的小男孩，因為他眼睛充滿淚水，沒有看到巨人向他走來。於是巨人偷偷地走到小男孩背後，溫柔地抱起他，把他放上樹梢。瞬間原本冰封的大樹，立刻綻放花朵，而且鳥兒立刻飛來，高興地歌唱。小男孩伸出雙臂，繞住巨人的脖子，親了他一下。其他小孩看見巨人不再那麼兇巴巴，也跑過來，而春天也跟著回來了。「小朋友，現在這是你們的花園了。」巨人說道，同時他拿起一把大斧頭，敲掉圍牆。到市場去的人在中午時分經過巨人花園時，看到巨人和孩子們正一起快樂玩耍，在他們畢生所見最美麗的花園中。

他們在花園裡玩了一整天，當夜幕來臨時，孩子們跑過來和巨人道別。

「怎麼沒看到你們那位小伙伴呢？」巨人說道：「就是我抱上樹的那個小男孩。」巨人最喜歡這個小男孩，因為他親了巨人一下。

「不知道，」孩子們回答道：「他已經走了。」

「你們一定要告訴他，要他明天再來玩。」巨人說道。然而，孩子們卻告訴巨人，他們不曉得他住哪，也從未見過這個小孩；這些話讓巨人難過不已。

每天下午，孩子們在下課後都來找巨人玩。不過，巨人最喜歡的那個小男孩卻不再出現。巨人對所有孩子都非常親切，只是，他仍然非常懷念他的第一個小朋友，並且常常提起他。「我好想見見他啊！」他老是這樣唸著。

歲月流逝，巨人也變得年老衰弱。他無法和孩子們一起玩耍了，於是他坐在一張大搖椅上，看著孩子們嬉戲，也欣賞美麗的花園。「我有許多美麗的花，」巨人說道：「但是孩子才是最美麗的花朵。」

在一冬日清晨，巨人在穿衣時向窗外觀望。他現在已經不再厭惡冬天了，因為他瞭解冬天是春天睡眠，花兒休憩的時候。

突然，他驚訝地揉揉眼睛，往窗外一看再看。真是令人難以置信的奇景。花園裡最偏遠的角落有一棵盛開白花的大樹。枝幹是金黃色的，垂掛著銀色的果實，樹下站著巨人最喜愛的那位小男孩。

巨人狂喜地奔下樓，衝進花園裡。他快速越過草坪，來到小男孩身旁。當他離小男孩夠近時，他的臉因憤怒而通紅，他說道，「是誰這麼大膽敢傷害你？」因為小男孩雙手的手掌上有兩個釘痕，雙腳上也有兩個釘痕。

「是誰這麼大膽敢傷害你？」巨人大叫道：「告訴我，我必定用劍把他給殺了。」

「不要這樣！」小男孩回答：「這些釘痕是愛的傷口。」

「你是誰？」巨人說道，全身有一股奇特敬畏的感覺，他在小男孩面前跪下。

小男孩對巨人微笑說道：「你曾讓我在你的花園裡玩耍，今天你和我一塊去我的花園，那兒就是天堂。」

那天下午，孩子們跑進花園時，發現巨人躺在樹下於世長眠了，身上蓋滿白色的花朵。（顏藹珠譯）

賞析

〈自私的巨人〉，對「人不為己，天誅地滅」的觀念，「人人為己，天崩地裂」的危機，提出修正，提出警訊，提供更寬朗更陽光的視野。

源於「私有」、「獨占」的排他性，「自私的巨人」築起冷漠的冰牆，拒絕春天，拒絕孩子遊樂、歡笑，讓自己囚禁在寒冬荒園，成為「愛心的侏儒」、「熱情的殘障者」。後來，源於孩子偷溜進來的純真笑聲，有一個「小男孩」因爬不上樹的傷心哭聲，自私巨人冷漠的冰牆融化了，狠硬的心腸軟化了；他拆除圍牆，讓不設防的花園成為嬉戲的人間天堂。

然而作者並未就此打住。全篇自巨人心心念念的「小男孩」上再起波瀾。當倏忽出現瞬間消失的「小男孩」，再度出現時，巨人已垂垂老矣。原來「小男孩」是「愛的小天使」、「天堂領航員」，帶領巨人前往「天堂花園」。而這樣的設計，讓整個文本的內涵更豐富，更耐人尋味。

似此「寓言式」的極短篇，由自私走向無私，由封閉走向開放，正強調「生命的出口」是關心、柔軟，「生命的光輝」是分享、付出。不要讓自己越走越狹隘，走入孤寂的黑暗死巷。其次，生命貴於「同聲相應，同氣相求」。只有用善良召喚善良，用可愛召喚可愛，用熱力激發熱力，才是心智的清明，才是成長的正軌，也才是「化作春泥更護花」的意義所在。

作者

歐・亨利

簡介

O. Henry, 1862—1910，美國著名短篇小說家，最擅長刻劃大都市小人物的故事，並以「歐亨利式結尾」，即意外結局，享譽文壇，時人譽為美國「莫泊桑」。著有《歐・亨利短篇小說選》等。

太陽下面無新事

風在振動著七樓樓頂間的稀鬆木瓦。像霜針一般尖細的雪片，在強風的鼓盪之下鑽入縫隙，而後篩落於單薄的臥榻之上。外面的百葉窗在陣陣疾風的襲擊之下發出砰砰嘎嘎的聲響，而被朔風向南吹刮的雪花，則使一顆亮麗的藍星以一隻光輝的眼睛俯視人間。

這顆星可從屋頂上的一條縫中看到屋裡的夜景。赤裸的地板上面擺著幾件佝僂的家具，而在當中的一張書桌上則放著一些稿紙和筆墨，以及一支搖曳不定的蠟炬。

這人坐在一把木椅上面，將他的兩肘擱在桌上，以一手托著他的下巴，儘管凍得全身發抖，但他卻不覺得寒冷。他將一頭亂髮從他那副高聳的額前抖向腦後，在他的眼中發出一道那顆藍星所知的光芒，後者正在霎眼向他打著一種友好的招呼。天才者，上天所生之才也，所以它的光芒來自天上，與那顆藍星的光源一樣崇高。

此人突然抓起筆桿，將身俯在稿紙上空振筆疾書。他既不知狂風在屋外呼號，更不知寒雪飄落他的周遭。他振筆疾書，只管一鼓作氣地向下寫去。時鐘敲響，直到它走了一個小時而後再度響起之時，他才放下筆桿，站起身來，高舉雙手，做出一個征服者的英姿。這是一個完全出於自然的動作，因為，除了那顆藍星之外，誰也不會看到他在作甚。「皇天不負苦心人，」他喃喃自語道，「我終於得勝了！我成了文壇上的榜首。文中的思想不但是為我所創，而且是唯我所造。它將永遠不朽，萬古長存！文學天地中沒有與它相似的作品；可是，為什麼，啊，為什麼，這樣的剎那頓悟，易如反掌，猶如蒼鷹脫毛一樣自然的事兒，我為什麼卻要走上如此崎嶇、漫長而又累人的路途？」

他再度坐下身來，將他所寫的東西讀了一遍，而後以一種優雅的動作將它放下。它恰到好處，一字也不用增刪。他知道它完美無缺，並且亦以此自許；因為，真正的天才是不會假謙虛的。

此人的眼光逐漸柔和下來，其中的火焰逐漸消逝，只剩一道不是那顆藍星所可回應的溫暖光暈。他的唇間顯出一抹半得意、半輕視的微笑。他是一個十足的藝術家，不但知道他已創造了一個富於獨創性的心象，而且知道它的價值如何。

他那高瞻遠矚的視線望見了溫暖、愛情、快樂、醇酒、水晶、歡欣，以及生活之美——他在以餓狼一般的饑渴加以追求的事物，在以使他那饑餓的靈魂增加一種自卑之感的猴急加以追求的東西。

突然之間，眼前的皮鞭在他的耳中噼啪作響起來，而凍澈骨髓的寒氣亦跟著促使他

起而採取行動。他站起身來，穿上一件破爛的外套，衝出房間，奔下七層樓的梯級，買了一些麵包和乳酪，包在一張舊報紙裡帶了回來。他再度坐下，狼吞虎嚥地吃著這包食物，覺得它像天神的美味一般可口。那顆藍星透過屋上的縫隙向下凝視著，並以天使般的同情向他擠著眼睛，因為他已苦鬥了很久一段時光，而所得的結果卻是啃麵包吃乳酪，並且雙肩還在承受著從屋外鑽進的風雪。許多年來，這人的臉上第一次露出成功的神情。

*

而今，他竟以不到一個鐘頭的時間獲得了別人苦鬥一生仍然無望的成就。他一面細細品味著他的食物，一面懶懶地瀏覽著包裹食物的舊報。那顆一直在望著他的藍星看到他忽然用痙攣的雙手抓起這份舊報，以火燒似的眼睛瞪視它的字裡行間，然後以嘶啞的喉嚨發出一聲哽住的詛咒，搖搖擺擺地站起身來，打了一個旋，而後倒下在赤裸的地板之上。

*

次日上午，由於他未像以前一樣露面，兩位鄰人破門而入，發現他躺在那裡，四腳朝天。

「自殺了？」其中一人說道。

「很像餓死了。」另一人說道。

「不像餓死；這裡還有麵包和乳酪。不論為了什麼，這都是需要驗屍的案子。他住在一個好舒服的安樂窩！呀，瞧！你看他寫了什麼？」

其中一人看看死者的遺作說道：

「這是一篇奇怪的東西。我就是看它不懂。瞧瞧他的手，他的手裡抓著一張舊報紙，抓得緊緊的，好像老虎鉗子夾著一般。」

他弓下身去，將這張舊報從死者冰冷的手中強行取出。在好奇心的驅使之下，他仔細地檢視了報上所印的文字，檢視的結果使他嚇了一跳。

「嗨，畢爾，」他說，「這可真是怪事一件。這張舊報上面登了一篇文章，看來跟這位老兄自己寫的幾乎完全一樣！」（徐進夫譯）

——選自《歐亨利短篇傑作選》

賞析

當一個人嘔心瀝血，寫出他「獨一無二」的代表作時，發覺竟和前賢「撞衫」，那「嘔死」的感覺，可想而知。

以「獨創性」心靈，寫出震古鑠今擲地有金石聲之傑作，是所有「沽心煮字」者的夢想。然而，「獨創性」之作，談何容易？進而戛戛獨造，成為文學殿堂的經典，更是難上加難。因此，一旦苦心積慮，妙手偶得，衝破一己極限，呈現創作新高，敲開「天才」大門，逆睹「永垂不朽」的光環，篇中敘述者「他」內心之雀躍，自然欣喜若狂，無以復加。只是，造化弄人。經由包裹食物，舊報上的文章，戳破美夢，原來自己和前人「其意同，其文同」，自己並非「天才」，只不過是眾多「人才」之一；甚而是，好不容易才寫出這麼一篇作品的「庸才」而已。內心之失望，可想而知，如跌落冰窖谷底；於是，最後以「哀莫大於心死」的震撼，心力憔悴的孤絕傷悲，結束自己「文壇閃亮巨星」的美夢。

事實上，雖說「太陽下面無新事」，然仍可以再生無限「新意」。換言之，經由「再發現」、「新發現」，仍可以脫胎換骨，寫出自家品味精彩佳篇。至於和前人雷同，正是「英雄所見略同」，彼此正為「文心知音」，不必太排斥；反而應視此為「危機即轉機」，持志不懈，挑戰另一創作顛峰。

作者

沙奇

簡介

Saki, 1870—1915，英國著名小說家，本名Hector Hugh Munro，出生於緬甸，曾任緬甸警察。文筆諷刺幽默、情節巧妙生動，尤擅長刻劃驚悚、靈異、人性虛偽及孩童的內心世界。著有《沙奇短篇小說選》。

石像

古老的大教堂屋頂女兒牆上，有許多座等距安放的石像，有些是天使，有些是國王和主教，幾乎每座石像都擺出虔誠的喜悅和沉靜的姿勢，但在建築北面下方卻有一座石像既沒有戴王冠，也沒有戴主教法冠，頭上也沒有聖像的光環。它的臉朝下俯視，面容冷硬、凶狠。它一定是魔鬼，成天棲息在女兒牆外緣上曬太陽的那群藍色肥鴿子宣稱，但是深諳教會組織的那隻老鐘樓穴鳥卻說，這是個迷失的靈魂。事情到此為止。

秋季裡有一天，大教堂屋頂上飛來一隻細瘦而嗓音美妙的鳥，牠離開光禿的田野和日漸稀疏的灌木樹叢，四處漂泊，尋找冬天的棲息處。牠想在巨大的天使羽翼陰影中使疲憊的雙腳得到休息，或是擠在一個國王皇袍的石衣褶裡，但是不管牠停在哪裡，都會被肥鴿子驅趕，而聒噪的麻雀也把牠趕離開屋簷。牠們吱吱喳喳告訴對方說，正經的鳥兒才不會唱得這麼濫情，於是這隻流浪鳥只得再次往前走。

只有迷失靈魂的神像給牠藏身處。那些鴿子認為站在角度太傾斜的凸出物上並不安全，何況這裡也太陰暗。這座像並不像其他石雕的尊貴人物那樣雙手合十，而是雙臂抱在胸前，彷彿鄙夷不屑。這雙手臂的角度恰巧形成一個可以讓這隻小鳥舒服歇息的地方。每天晚上牠都會滿懷信任的鑽進石像胸前的角落，那雙暗黑的眼睛似乎在看顧著牠的睡眠。這隻孤單的小鳥漸漸愛上了牠孤單的保護者。白天裡牠不時會坐在哪個雨槽或拱牆基座上，用清脆顫動的嗓音唱出最美妙的曲子，以示對夜裡供牠蔽身者的深深謝意。或許是風吹雨打、日曬雨淋的關係，或許是別種影響力的關係，總之，那張頑冥不馴的臉上堅毅和不快樂的神情似乎逐漸消失。每天，在漫長而單調的時間流逝中，這位小客人的歌聲都會一陣陣的傳到孤單的照顧者的耳中；到了晚上，晚禱鐘響起，巨大的灰色蝙蝠紛紛飛出藏身的鐘樓屋頂時，這隻眼睛澄亮的小鳥就會回來，唱幾聲催人欲眠的音符，便鑽進等待著牠的雙臂中。這些日子對這個暗黑的石像而言都是幸福快樂的。只有大教堂裡那座大鐘每天都會響起它嘲弄的言語：「樂極……生悲。」

教堂司事屋子裡的人注意到有一隻棕色小鳥在大教堂附近飛來飛去，他們都很喜歡牠悅耳的歌聲。「真可惜，」他們說，「牠的歌聲竟然都糟蹋在高高的女兒牆上，沒有人聽得見。」他們雖然窮，倒也明白經濟學的原理，於是他們把小鳥抓去，關在小屋門外一個籐製的小籠子裡。

當天晚上，小鳥慣常出現的北方沒有牠的身影，暗黑石像比以往更了解孤寂的痛苦了。也許他這個小朋友被貓咬死了，或是被石頭打傷了，也許……也許牠飛到別的地方

了。但是當清晨到來，卻有一陣微弱而令人心痛的訊息穿過大教堂那個世界的騷亂吵雜聲飄上來，那是發自遙遠方下鳥籠裡的犯人。每天正午時分，當肥鴿子飽啖午餐後靜靜不語、當麻雀在街上泥潭裡洗澡時，這隻小鳥的歌聲就傳到了女兒牆上方——這是敘述著渴念和無望的歌曲、是得不到回應的呼喚。

鴿子們在兩頓飯之間閒閒評論著，說那個石像越來越往外傾斜了。

有一天，小小的鳥籠裡不再有歌聲傳上來。那一天是冬天裡最冷的一天，大教堂屋頂上的鴿子和麻雀全都焦急的四處尋覓食物碎屑，在嚴寒的天氣裡牠們是非常依賴這些食物的。

「小屋裡有沒有人丟什麼東西到垃圾堆裡？」一隻鴿子問另外一隻正在北面女兒牆上朝下探看的鴿子。

「只有一隻死掉的小鳥。」

夜裡，大教堂屋頂上發出一陣碎裂的聲音，還有一些石造物墜落的聲音。鐘樓的穴鳥說霜雪影響了結構，由於它歷盡滄桑，事情一定是如此。第二天早晨，只見失落靈魂的石像已經從飛簷上翻落，摔在教堂司事小屋外的垃圾堆上，此刻已成碎塊。

「也好。」肥鴿子凝視這些，幾分鐘後紛紛說道，「如今這上面可以立一個很好的天使像了。他們一定會放個天使在那裡的。」

「樂極……生悲。」大鐘噹噹說著。（張琰譯）

——選自《沙奇短篇小說選》

賞析

這是一則宗教的「知音」傳奇，更是一則卑微人物「生死之交」的精彩極短篇。

全篇藉由「敘述視角」的意外，藉由擬人的變形世界，帶出大教堂暗角一尊「迷失靈魂」的石像，渴望知音，渴望被肯定的感覺。而後機緣湊巧，美聲的流浪小鳥棲息在他胸前雙臂間。從此，妙音盈耳，聲氣相感，讓他找到「生活的寄託」，臉部上冥頑桀傲的表情逐漸退位，整個人神采奕奕，洋溢快樂幸福，孰料悅耳美妙竟讓小鳥招致被抓入鳥籠的命運。石像沒有小鳥相伴，生活頓時失去重心，只能拚命往外傾斜焦慮地等待，看能不能再度聆聽他生命中的美好樂音。然而，等到的，竟是小鳥「晴天霹靂」的死訊。這下子，同是天涯淪落的苦楚翻湧，內心再也不能負荷這致命一擊，瞬間「天崩地裂」，碎裂傾頹。

如果說「情至痴而始真」，這尊孤寂的石像則是「情至身軀碎裂而始真」。似此聳人聽聞的「意外」開展，正指涉「情之幽微」，無理而妙，動人心旌。

傑克・倫敦

簡介

Jack London, 1876—1916，美國優秀的現實主義作家，擅長描寫冒險與暴力的小說。最著名的作品有《野性的呼喚》、《海狼》、《白牙》、《馬丁・伊登》等小說。

豹人的故事

他有著好像做夢般、望著遠方的眼神。說起話來，活似年輕姑娘般溫柔，尤其那種憂戚的、很有特色的嗓聲，令人覺得那是某種無底的鄉愁平穩地表現出來似的。他是一個豹人，不過予人感覺卻根本不是這麼回事。他所賴以維生的工作，就是在大批觀眾面前表演他的才藝——進入豹子的檻裡，顯示他的勇氣，使觀眾們捏了一把冷汗。老闆會付給他符合他所產生的刺激的報酬。

剛剛說過，他根本不像那樣的人。細腰窄肩、貧血質，是平穩地忍受著平穩的悲戚，看去卻也不像多麼憂鬱。我花了整整一個小時之久，想從他打聽出他的故事，但是他好像沒有想像力。在他心目中，那華麗的工作，連一絲浪漫的色彩也沒有，連大膽、刺激等，也付諸闕如——有的只是灰色的單調和無窮盡的無聊而已。

獅子嗎?有的，當然有鬥過的經驗。也沒什麼大不了。所需要的只是不失冷靜，如此而已。靠一把平凡的鞭子來使獅子就範，任何人都可以辦到的。是什麼時候了呢?有一次和獅子鬥了三十分鐘那麼久。每次牠撲過來的時候，往牠鼻上給一個巴掌，牠學乖了，低下頭衝過來，這時我就把一隻腳伸過去。當牠向腳抓過來的時候，把腳一縮，又給牠一個巴掌。就只有這些啦。

他的眼光仍然像看著遠方，一面用柔和的口氣這麼說著，一面讓我看看他身上無計其數的傷痕。其中之一是被一隻母老虎擊中肩頭，傷及肩骨。我發現到上衣有細心縫補過的痕跡。他的右手臂，從肘部到手掌，好像被捲入打穀機似的，全是那些野獸的牙齒或爪抓傷的可惜傷痕。可是這些，一點也不算什麼，他說，有點麻煩的是每到了下雨的季節，老傷痕就會疼起來。

突地，他好像想起了什麼，臉上浮現了奕奕光彩。原來，他也和聽者的我一樣，忍不住地想說說有趣的故事了。

「是馴獅人惹怒了某一個人的故事，您聽過嗎？」他說。

他頓了頓，轉向對面一隻獸檻裡的病獅，定定地盯了一會兒。

「牙齒在發疼了，那個傢伙。」他說明：「我說的那位馴獅人的得意戲碼，是把頭伸進獅口裡。恨他的那個人，為了有一天能夠看到獅子把嘴巴一闔，所以每次他上場時，必定從觀眾席看著。只要這馬戲班所到的地方，他一定跟過去。就這樣過了好長一段歲月，那男子、馴獅人，還有獅子，全老了。終於有一天，坐在觀覽席首排的他，看到獅子把那個馴獅子的頭咬了一口。當然，根本就不用請醫生了。」

豹人若無其事地看了一眼自己的指甲，這動作如果不是帶著他獨特的那種悲涼，簡直可以說是冷血的了。

「如果讓我來說，那麼這就是忍耐了。」他繼續說：「我也是這一類的。不過我所認識的一個男子，又有所不同。這個人個子很小，法國人，幹的是吞劍和魔術。他自稱杜・維爾，有個美麗的老婆。她是空中飛人，會從帳篷頂落到網的中間，翻個漂亮的筋斗。

「杜・維爾在舞臺上的手法快極了，絲毫不比老虎差，也幾乎一樣地急性子。有一天，班主喊了他一聲『法國佬』——也可能更難聽的，他發起了牛脾氣，把團主壓到扔飛刀時用的軟松板上，人家還沒想到他可能幹什麼時，他就在觀眾們眼前突如其來地連連出手，用飛刀把團主的衣服釘在松板上，刀刀幾乎削去一層外皮。

「團長成了被大頭針釘住的昆蟲，動彈不得，需要丑角們來幫他拔去刀子。以後，班裡人人都互相傳告得提防杜・維爾，再也沒有人敢向他的老婆說一句輕佻話了。她原本就是水性楊花的那一類女人，從此人人怕杜・維爾，不敢向她出手了。

「但是，有個叫華理斯的卻是個例外。這人是天不怕地不怕的傢伙，也是一名馴獅人，拿手的仍是把腦袋伸進獅口裡。而且哪一隻獅子，他都敢做。當然，有一隻獅子是最放心的。這獅子叫奧古斯達，軀體雖然龐大，倒是很溫馴的一隻。

「原諒我再反覆一下，華理斯——我們都叫他『華理斯大王』——不管是活的、死的，他都無所害怕。既然是王上，所以也無所謂失敗。有一次，我看到他喝醉了酒，跟人家打賭，進去正在發脾氣的獅檻裡。你猜怎麼樣？他握起拳頭，狠狠地給牠鼻尖一拳，使牠乖下來了。

「有一次，杜．維爾看到老婆向……」

這時候，我們後頭吵起來了，豹人靜靜地回過了頭。隔成兩個部份的獸檻裡，一隻猴子把手伸進隔欄，讓另一邊的大灰狼給咬住了。看過去，猴子的手好像成了一根橡膠，越拉越長，猴子們正在拚命鼓噪。附近看不到管理員，於是豹人就走過去，用手上的細鞭給狼的鼻尖揮了一鞭，然後浮著歉意似的悲戚面容回來，若無其事地又談起來。

「……她向華理斯送去了一雙媚眼，華理斯也回了一個有意的眼光，從此杜．維爾就沒好顏色了。我們都提醒華理斯，可是他根本不理會，反而哄笑起來。不久，他想向杜．維爾挑釁，把後者的臉塞進裝漿糊的桶子裡取笑一場。

「杜．維爾好狼狽的樣子，我也幫他清理臉上的漿糊。但是他仍然那麼冷靜，根本不會被激怒。不過我看到他的眼裡有一種燃燒的光，就像那些野獸一般，所以我雖然知道自己愛管閒事，還是給華理斯最後一次警告。他還是一笑置之，不過這以後倒沒敢那麼明目張膽地向杜．維爾太太拋媚眼了。

「又過了幾個月，什麼事也沒有發生，我漸漸覺得我真是愛管閒事了。那陣子，我們正在西部跑碼頭，在舊金山撐起了帳篷。那天午後，我去找向我借走了一把小刀的營帳主任雷·丁尼，巨大的帳篷裡，已經擠滿了女人和小孩。

「當我來到充做後臺的帳篷之一的時候，我想說不定雷·丁尼會在裡頭吧，便從布篷的洞往裡頭窺望了一眼。他不在那兒，卻看到一身緊身衣褲的華理斯大王，在那兒等候出場。他正在津津有味地看著兩個秋千手吵架。整個後臺帳篷裡的其他藝人也被吸引住，只有杜·維爾眼露憎恨兇光盯著華理斯。華理斯和其他人們都只注意著那兩人的口角，沒有人發現到杜·維爾的神情和接著發生的事。

「可是我從布篷洞看到了一切。杜·維爾從口袋拉出手帕，裝著在臉上擦汗的樣子——那天確實很熱——從華理斯後面走過去。他一路沒有停步，讓手帕招著，筆直地走到門口，跨出時忽地回過頭投去了迅速的一瞥。我無法了解那一瞥，那眼光裡不光是憎恨而已，我看到一種勝利的得意。

「『得好好看住杜·維爾才行』，我向自己這麼說了一聲。而當我看到他走出我們的營地，搭上開往街心的電車，這才深深地鬆了一口氣。幾分鐘後，我在大帳篷裡頭找著了雷·丁尼。剛好是華理斯大王的節目，他那動人的演技，正在使觀眾如醉如狂。他好像發了什麼脾氣，把獅子們激怒得都在低吼了——只有老奧古斯達是例外，牠太胖，失去了活力，也太老，怎樣作弄都不再生氣了。

「接著，華理斯用鞭子抽老獅子的膝頭，讓牠坐下去。老奧古斯達馴服地眨著眼，張開了嘴巴，華理斯把腦袋伸進去了。就在這時，咔嚓一聲，把嘴巴闔上了。」

豹人懷念似地微笑了一下，裝出了那熟悉的像是眺望遠方的眼神。

「這就是華理斯大王的末日了。」他低沉的嗓聲帶著一抹悲戚說：「一陣混亂過去了以後，我找了個機會在他屍首旁蹲下來嗅了一下他的頭。我突地打了個噴嚏。」

「那是……那是……」我著急著，結結巴巴地問。

「是鼻煙草。杜．維爾在後臺帳篷裡撒在他頭上的。原來，老奧古斯達根本無意殺他，因為牠只是打了個噴嚏罷了。」（鍾肇政譯）

——選自《迷你偵探傑作精選》(一)

賞析

〈豹人的故事〉是由「豹人」當目擊者所敘述出來的故事。這樣的故事，經由目擊者「間接折射」，而非由當事者「直接呈現」，彷彿多了一層疏離、暈染的光圈，沾上一層傳奇的色彩。

整個故事的重點在飛刀手（杜・維爾）與馴獅人（華理斯）的過節（杜・維爾老婆和華理斯眉來眼去）。而飛刀手以「借獅殺人」、「殺人不帶刀」的高明手法，「做掉」華理斯；高明到不用自己出面，高明到華理斯無法相信馴服的「老奧古斯達」（又胖又老又無活力的獅子）會「一口咬下來」（「把嘴巴闔上」），高明到在場人都認為「純屬意外」。殊不知，這一切完全是杜・維爾「一手」（藉由擦汗動作將沾有鼻煙草，嗆味拂過杜・維爾頭上，讓老獅子打噴嚏，嘴闔上）天衣無縫製造出的「自然」意外，分明是西洋版「扮豬吃老虎」，馬戲團版「項莊舞劍，意在沛公」的復仇個案。

全篇以情節「意外」取勝。這樣的發展，訴諸「刻意的隨意」、合乎「既出人意表又入人意中」的雙重標準，正是「情節」極短篇的典型。

作者

喬伊斯

簡介

James Joyce, 1882—1941，愛爾蘭名詩人與小説家，為二十世紀前半葉最具影響力的作家，擅長創新小説結構與敘述語言，尤精「意識流」（Stream of Consciousness）寫作技巧。重要作品有 *Ulysses, Finnegans Wake, Dubliners* 等。

車賽以後

那些車子輕快的朝向都柏林急駛而來，在拿斯路那條溝槽裡像子彈那樣平穩的奔馳。在英其柯那兒的小山頂上，看熱鬧的人三五成群的聚集起來，來看這些車子往家鄉奔跑，而挾著歐洲大陸的財富與繁榮穿過這條貧窮蕭條的管道。一簇簇的人群，不時發出甘願受壓迫者的歡呼聲。不過，他們同情的對象，是那些藍色的車子——這些車子是他們的朋友的，是法國人的。

說起來呢，法國人才是名副其實的勝利者，他們的車隊實實在在的抵達終點，他們獲得了第二、三名，而那輛贏得冠軍的德國車子，據說駕駛人是個比利時人。所以，每一輛藍車子在抵達小山頂的時候，都會受到加倍的歡呼，而那些車子的人，也都微笑點頭，來答謝每一陣歡呼。在這些流線體型的車子當中，有一輛裡面坐了四個年輕人，他們現在意氣飛揚，似乎遠超過了法國人在得意時的流露；事實上，這四個年輕人已經到了忘形忘我的地步。他們是查爾斯·賽古因，這輛車子的所有人；安德列·黎維哀，是加拿大出生的一個青年電機師；及名叫威隆那的大塊頭匈牙利人，跟一個名叫多伊爾的

衣著考究的青年。賽古因所以興致這麼好，因為他意料之外的收到了幾筆預付訂單（他就要在巴黎開辦一家汽車公司）；黎維哀所以興致好，因為他將來要作這家公司的經理；這兩個青年（是表兄弟）所以興致好，也因為這些法國車子出了風頭。威隆那所以興致好，則因為他剛吃了一頓讓他心滿意足的午餐；何況他是個天性樂觀的人。這夥人裡的第四個，則由於過度興奮，而說不上是真正的快樂。

他的年紀大約二十六歲，唇上留著柔軟淡棕色的鬍子，灰色的眼睛看起來有點天真。他的父親，在開始的時候是一個激進的民族主義者①，但不久就修正了他的看法。他在京斯頓作肉販賺了錢，後來又在都柏林及郊區開商店，使他賺的錢增加了好幾倍。他運氣也夠好，獲得了好幾項警察局的合同②。到了後來，由於太有錢了，以至於都柏林的各家報紙都說他是一位商界鉅子。他把他的兒子送到英國一家大型天主教學院裡教育，後來又送他到都柏林大學③專攻法律。吉米讀書並不很用功，有一陣子各科成績都很差。他有的是錢，所以人緣夠好；他分配時間的辦法很特別，一半用在音樂界，另一半用在賽車界。後來他又被送到劍橋去一個學期，要想開開眼界。他的父親表面上大不以為然，暗地裡卻以這種揮霍為榮，就替他清了帳，帶他回家。他就是在劍橋結識了賽古因，那時候他們還算不上熟交。但是吉米十分喜歡跟他往來，因為他見過許多大場面，據說又擁有一家法國的最大旅館，這樣一個人當然是值得結交的（諒他的父親也會同意）。何況除此以外他還是個令人傾倒的賽車冠軍呢。

威隆那也是個湊趣的朋友，他是個有才華的鋼琴家，可惜呢，太窮了。

這輛車載著一車陶然忘我的青年，歡歡喜喜的奔馳著。那兩個表兄弟坐在前座；吉米和他的匈牙利朋友坐在後座。威隆那興高采烈之至，一路上都以低沉的聲調哼著旋律，始終就沒停過。那兩個法國人，時時把他們的笑語從肩膀上拋過來，弄得吉米常常要把身體往前湊，來接住那句稍縱即逝的話。他覺得，這實在不好受，因為他總得靠聽明來猜一猜話裡的意思，然後再迎著強風把一句恰當的回答呼叫回去。此外威隆那的哼哼之聲有所干擾；還有車子本身的噪音。

乘風急駛是一件快事；出了大名也是；有財富也如此。有了這三個充分的理由，也就難怪吉米樂不可支了。許多他的朋友，那天都見到他跟這些大陸人在一起。在車賽中暫停區域，賽古因曾把他介紹給一位法國選手，他低聲說了些不知所云的恭維話。對方在回答他的時候，那張污黑的臉上露出了一線閃亮的白牙齒。在那種榮耀以後，再回到那有觀眾在指指點點的凡俗世界，正是一件樂事。至於說到錢——他真的有一大筆可供他使用。賽古因也許不會以為這是一大筆，但是吉米，他儘管會犯一時的錯誤，心底兒裡倒遺傳了那些實實在在的本能。他十分明白，要把這筆錢賺起來可有多難。他有這個瞭解，所以往日用錢，總守在合理冒險的範圍以內，如果，問題所在不過是聰明人的一時興頭，他就已這麼留意到金錢裡隱藏著的勞力，那麼，現在他要把他大部分錢財拿來下賭注，那又該多麼謹慎才行。他覺得這是一件嚴肅的事情。

當然啦，這筆投資是可靠的，而賽古因又設法讓人覺得，把這筆愛爾蘭的小錢容納到公司資本裡去，是一種出於友情的美意。吉米很敬重他父親在商業事務上的精明，而且這件事情，起初提議投資的，原是他父親；經營汽車事業所賺的錢，可是成籮成筐的哪。何況賽古因確有發大財的氣勢；他坐的那輛傲視群倫的車子，吉米早已把它換算成多少個工作日了。它跑起來有多安穩。他們在鄉村道路上飛跑，那是何等氣派！這趟旅程拿魔術的手指按在真實生命的脈搏上，而人的神經系統就那麼萬分慇懃的迎合這頭迅捷藍獸的輕快奔跑。

他們開上了丹姆街，街上交通出奇的繁忙，有開車人在猛按喇叭，而不耐煩的電車司機敲著鑼。賽古因把車停靠到那家銀行④旁邊，吉米跟他朋友就下了車。有一小撮人聚集在行人道上，來瞻仰這輛哼著鼻子的車子。他們這夥，晚上要在賽古因家的旅舍裡聚餐，這當兒，吉米跟他的朋友（他住在他家裡）都要回家去換裝。車子緩緩往格雷夫登街開了出去，而這兩個青年撇開那些好奇的旁觀者走路回去。他們往北走，心裡面對這種運動（譯按：指步行）有一種莫名奇妙的失望感。這時候，城裡的路燈亮了起來，在他們頭頂上的夏夜輕靄中掛著淡淡的光球。

在吉米家裡，這個飯局被說成是一件大事。為了要放手一玩，他的雙親在恐懼戰兢之中，揉和了一份驕傲。也同時有一份熱切，因為外國大城市的名字至少就有這個好處。吉米呢，在穿著好了以後，站在大廳裡替他的夜禮服領帶的蝴蝶結作最後一次平衡調整，看起來也那麼的得意。他的父親甚至覺得，他替兒子弄到了這些往往用金錢都買不到的氣質，等於作了一筆好生意，而沾沾自喜。因此，他父親對威隆那特別友善。他的態度表現出，他對外國人的各種成就由衷的起敬。可惜主人這份委婉的盛意，對於這個匈牙利人大概是白費了，因為他這時候一心一意只想到他的那頓大餐。

這頓大餐出色而精緻。吉米心想，賽古因的品味實在不同尋常。大夥裡又多了一個名叫魯斯的英國青年——吉米在劍橋曾見他跟賽古因在一起。這些年輕人在一間點著電燭光的舒適房間裡進晚餐。他們縱聲談笑，無所顧忌。吉米這時候的想像很活潑，他幻想，法國人的活潑朝氣，優雅的盤繞在英國儀態所形成的那個結實架子上。他想，這個想像很雅緻，而且恰如其份。主人談笑生風，那種擅於駕馭的本領，讓他佩服。這五個青年人各有所好，他們的談吐則隨興之所至。威隆那帶著極其敬重的神態，開始講到英國情歌的優美，同時感慨古老樂器的失傳，令這位英國人略感意外。黎維哀接下去向吉米說明法國機械技師的卓越成就，語氣倒未必是全然由衷。等到賽古因趕著這群羊來談政治的時候，那個匈牙利人正要挖苦浪漫派畫家筆下那些成問題的笛子，所以宏亮的嗓門壓倒了一切。大家意氣相投，原不在話下。吉米在慷慨衝動的推動下，覺得他父親身上埋沒了的熱心在他裡面活了起來：他到底把那個遲鈍的魯斯鼓動了起來。房間裡的氣氛加倍熱烈了。賽古因的主人也愈發難做了：大家甚至會誤犯人身藐視的危險。機靈的主人，抓住一個機會，舉起杯子來，向「偉大的人性」獻酒，而在大家乾杯之際，他就乘機慎重其事的打開了一扇窗。

在那天晚上，這個城市好像戴上了假面具，使人覺得有如置身世界名都。這五個年輕人一路吞雲吐霧，沿著史提芬草坪公園走。他們高聲歡笑言談，一律把外套掛在肩膀上。路上的行人都讓路給他們走，在格雷夫登街轉角上，有個肥胖的矮個子，正要把兩個漂亮女士送上一輛由另一個肥哥駕駛的車子；這輛車子開走了，這個矮胖子就瞧見了這夥人。

——安德烈。

——原來是法雷！

大家的話匣子就這樣子打開了。法雷是個美國人。大家到底在談些什麼，誰也不太清楚。威隆那與黎維哀的嗓門最響，但是每個人都一樣興奮。他們坐上了一輛車，擠作一團，而笑成一堆。他們在人群旁邊開著，而人群現在已經配著悅耳鈴聲的音樂，揉合成了一團柔柔的色彩。他們在西園區搭火車，才幾分鐘（在吉米看來），他們就走出了京斯頓火車站。收票員向吉米打招呼，他是個老人：

——先生，晚安！

這是一個寧靜的夏夜：港口就像他們腳前的一面陰暗鏡子那樣躺著。他們手挽著手向港口走去，齊聲唱著Cadet Roussel⑤，而每唱到：

—Ho. Ho. Hohévraiment!⑥的時候，都一齊頓足。

他們在斜坡那裡坐上了一隻小船，向著一艘美國遊艇划去，他們還要再吃喝、聽音樂跟玩牌。威隆那興頭十足的說：

——這才是美事！

船艙裡有一臺遊艇用的鋼琴。威隆那為法雷跟黎維哀彈一曲圓舞曲，法雷權充騎士，而黎維哀就當貴婦。接著是一支即興的方塊舞，每個人都各出花招，真是有趣極了！吉米死心塌地扮演他的角色。再怎麼說，這也算是見了世面。後來法雷喘不過氣來了，大喊，「停！」有個人端進來一份爽口的晚餐。這群年輕人只好拘泥於形式坐了下來。不過，他們喝酒：這就是波西米亞式的生活。他們乾杯，為愛爾蘭，為蘇格蘭，為法蘭西，為匈牙利，為美利堅合眾國。吉米發表了一項演說，相當的冗長。每當有了停頓，威隆那就說「大家注意聽！」他坐下來的時候，一陣捧場的鼓掌。這次演說想必是很精彩的。法雷一邊拍著他的背，一邊大聲笑著。大夥兒多麼歡樂！他們都是好朋友！

拿牌來！拿牌來！牌桌清理出來了。威隆那悄悄的回到鋼琴邊去，志願替他們彈奏助興。其他人一局又一局的玩下去，勇敢的投身在冒險犯難之中，他們為「黑桃王后」及「方塊王后」而乾杯。吉米隱約覺得，眼前沒有觀眾，心機也就白費了。籌碼愈來愈高，掛帳單開始遞來遞去。到底是誰在贏，吉米並不很清楚，但是他卻知道，他是輸家。但是，這得怪他自己，因為他常常看錯牌，而且得要別人來替他計算「我欠你」帳單。他們都是好得不得了的朋友，但是但願他們會停下來：夜愈來愈深了。有人為「新港美人號」遊艇乾杯⑦，然後有個人建議，大家玩一次大的，來作結束。

琴聲停了，威隆那一定是上了甲板。這是驚心動魄的一盤。就在結束之前，大家暫停，為好運而乾杯。吉米心裡明白，這盤勝負是在魯斯跟賽古因之間。多麼令人興奮呀！吉米當然也很興奮；他一定會輸，這不用說了。他簽字付掉的到底有多少了呢？這些人都站了起來，七嘴八舌又比手畫腳的，玩最後一盤。結果魯斯贏了，年輕人歡聲雷動，把船艙都搖晃起來，而牌就在這時候收攏了。他們開始一起來計算他們的贏賬。輸得最慘的，是法雷跟吉米。他曉得，到了早上，他就會後悔了，但是目前呢，他只要休息，他只要那黑色的麻痺來掩蓋他的愚行。他把兩肘靠在牌桌上，把他的頭擱在雙手之間，聽著他腦袋裡的脈搏聲。艙門這時候打開了，他就見到那個匈牙利人，站在一抹灰色的黎明光芒裡：

——先生們，天亮了！（杜若洲譯）

——選自《都柏林人》

注釋——

①熱心支持巴奈爾（Parnell）及愛爾蘭自治的人。

②供應監獄物資的合同，通常按人頭計算，往往獲利甚厚。

③即三一學院（Trinity College），為歷史久遠而聲譽卓著的大學，愛新教支派，與英國各大學有密切關係。

④指愛爾蘭銀行，位於都柏林市中心丹姆街與克雷夫登街交叉處。

⑤一首法國飲酒歌，在一七九二年流行起來。其疊句為“Ah! ah! mais vraiment. Cadet Rousselle est bon enfant.”

（呵！呵！說真的，小盧賽是好孩子。）

⑥見上。

⑦羅德島的新港是新式遊艇集中地。

賞析

這是「有其父，必有其子」的故事，也是「被人家賣了，還替人家數鈔票」的故

事。全篇環環相扣，嘲諷父親崇洋媚外的盲目無知，並嘲諷兒子吉米被矇在鼓裡「可笑復可哀」的嘴臉。

父子二人，沆瀣一氣，拜金浮誇，「但重面子，不重裡子」。至於兒子吉米讀名校如穿名牌，只求外表點綴，根本不培養專業能力（專攻法律，卻不務正業。不用功，法文又不靈光），又想擠身企業家第二代的「上流社會」。於是，沾沾自喜的和外國朋友一起賽車、聚餐、賭牌。最後，「被當猴子耍」，「一隻羊被剝光皮」，輸得傾家蕩產，成為都市叢林中一則「凱子」的殘酷笑話。

全篇浮動言辭的反諷，諸如：「一簇簇的人群，不時發出甘願受壓迫者的歡呼聲」、「他有的是錢，所以人緣夠好」、「他總得靠聰明來猜一猜話裡的意思」、「他的雙親在恐懼戰兢之中，揉和了一份驕傲。也同時有一份熱切，因為外國大城市的名字至少就有這個好處」、「這個城市好像戴上了假面具，使人覺得有如置身名都」、「大夥兒多麼歡樂，他們都是好朋友」、「他們都是好得不得了的朋友，但是但願他們會停下來」，前後銜接、呼應，最後形成情境的反諷，指出這些紈袴子弟都是損友，實為「披著羊皮的狼」，下手絕不留情。

結尾「天亮了」，語帶雙關：一指眼前的時間，一指事實真相。不知吉米經過這次教訓後，會不會看清真相，看清自己的浮誇，看清自己的愚昧？

作者 曼斯菲爾

簡介

Katherine Mansfield, 1888—1923，英國著名短篇小說家，擅長運用契訶夫（Anton Chekhov）式的印象主義表現技巧，文筆細膩，觀察敏銳，著有短篇小說集*Bliss* (1920), *The Garden Party* (1922), *The Dove's Nest* (1923) 等。

夜深時刻

（維吉尼亞坐在火爐旁，她的外出衣物扔在一張椅子上，靴子則在爐欄微冒著熱氣。）

維吉尼亞（把信放下）：我一點也不喜歡這封信——一點也不。我真想知道他是存心要奚落我呢，或是他向來如此。（讀信）「多謝你送襪子給我。不過最近我已收到五雙了，所以我把你這雙轉送我公司的一位朋友，我想你聽了會高興吧。」不，不可能是我亂猜想，他必是故意的。這樣奚落我，真可惡。

唉，真希望我沒寄出那封叮嚀他保重身體的信。只要能收回那封信，我願付任何代價。那封信又是在一個週日晚上寫的——真是件要命的事。我實在不該在週日夜晚寫信——我老是率性而為。不知為何週日的夜晚總使我渾身不自在。我總渴望給甚麼人寫封信，或有個愛戀的對象。對了，就是這麼一回事。週日的夜晚令我既悵惘又滿懷柔情。真可笑，不是嗎？

我必須再上教堂不可。一個人對著火胡思亂想可會出事的。那兒還有讚美詩，我可以安心地沉浸在讚美詩裏。（她低聲哼唱）「為了我們最親愛的與最珍貴的」（可是她的眼睛又看著信上的下一個句子）「你對我實在太好了，竟然親手為我織襪子。」真是的，的確太過份了。男人傲慢起來可真醜陋！他倒以為我親自為他織襪子。哼，我跟他不熟，只講過幾次話，我幹嘛給他織襪子！他一定以為我要倒貼送上門吧。如果他僅是個陌生人，我就為他織襪子，這樣絕對像是想把自己送上門，隨便買一雙則是另一回事。不，我絕不能再給他寫信，這是肯定的。何況，寫信又有啥用？我也許會對他產生情愫，他卻無動於衷，男人都是這樣的。

想不通為何到了一段時期，我就惹人討厭了。真可笑，不是嗎？剛開始他們蠻喜歡我的，認為我與眾不同，思想獨特。可是只要我想表示——甚至只是暗示一下——我喜歡他們，他們似乎就感到害怕，逃之夭夭了。這種事回想起來真令人苦澀難堪。也許他們察覺我太多情了，這樣就把他們嚇跑了。啊，我覺得自己有無盡——無盡的愛想獻給甚麼人——我要全心全意地照顧他們——看護他們——使他們遠離恐怖，盡力使他們一切願望成真。只要我認為有人需要我，對人有用處，我就完全變個樣。是啊，這就是生命的奧妙——感覺有人愛我、需要我，凡事都絕對依賴我——直到永遠。況且我體格壯，又比一般女人闊綽，我相信大多數女人缺乏這種強烈的渴望來表現自己。我想就是如此——有如含苞待放的花朵——我被包起來關在暗處，無人理睬。因此我才會那麼強烈愛惜各種花草、生病的動物與小鳥——藉此來排解我心中積壓澎湃的情愛。當然牠們看來可憐兮兮的——這也是個原因。不過我覺得男人要是真正墜入情網，也會變得可憐兮兮的。是啊，我敢說男人都是可憐兮兮的。

不知為何今夜有哭的衝動。當然不是為了這封信，它可沒那個份量。可是我總納悶情況是否會有轉機，還是一成不變直到年老體衰——只能不斷期盼。我已不如以往年輕，臉上有皺紋，皮膚也大不如前。我向來不是個美女，像一般人欣賞的那種，可是以往我有細緻的皮膚和秀麗的頭髮——走路姿態優雅。今日我剛對鏡瞄了一眼，彎腰駝背，步履蹣跚，看起來邋遢蒼老。啊，不，也許沒那麼糟糕，我對自己總誇大其辭。不過我現在變得挑剔古怪——我敢說這就是年歲已大的徵兆。我現在經不起風吹，也討厭把腳弄濕，從前我可不在乎風雨呢——甚至還感到歡欣鼓舞——只覺得這樣便和大自然合而為一了。但是現在我卻心煩氣燥，直想大哭一場，巴望有別的事讓我忘掉這一切。我想這也是女人為何會酗酒的原因了。真可笑，不是嗎？

火快熄了，該把信給燒掉。這封信算甚麼？呸！我才不在乎呢。這和我有何相干？另外還有五個女人送襪子給他呢！何況他不是我想像的那樣。我彷彿聽他說：「你對我實在太好了，竟然親手為我織襪子。」他的聲音真好聽，我想是他的聲音使我著迷——

還有他那雙手——看起來強壯有力——真是雙男子漢的手。喔，算了！別自作多情了，把信燒了……不，現在不行了，火已經熄滅了。我要上床了。我猜不透他是否故意要讓我難堪。喔，我累了。現在我一上床就用棉被蓋住腦袋——然後痛哭一場。真可笑，不是嗎？（顏藹珠譯）

賞析

夜闌人靜，任何寂寞的靈魂，發覺自己「熱臉貼冷屁股」，不免思如潮湧，念念千流。

篇中以獨白口吻，以片面之詞娓娓道來，編織出「紅顏已老」的心理世界，在在映現「寂寞芳心俱樂部」成員的「情之幽微」，並直指「感情空窗期」中「人心唯危」的執迷真實。

全篇一開始，自碰釘子（送對方的襪子，遭轉送）中，回想這次「愛的示意」，兜出自己「渴望愛情」的心聲。而後，心念翻轉，一竿子打倒一條船，痛斥天下男人都是「傲慢」，都不會欣賞自己的優點（強健寬闊、主動積極）；繼而，眼眶泛潮，凝視自己今非昔比，從細嫩秀髮的妙齡女子，變成風韻不存的怪女人，誠何以堪？最後，恍惚理性之光閃出，但莫名的感性再度翻湧，企圖對所碰的釘子，重新作一番解釋，陷溺在一廂情願的糾纏中。

這樣的極短篇，是一個「失意於情場」老女人的告白，告白中見其癡，亦見其迷（不自知），讀來令人感嘆。猶如曾子所云：「如得其情，則哀矜而勿喜。」（《論語・子張》）

作者

魯卡斯基

簡介

Stanislav Szukalski, 1893年出生於波蘭瓦爾塔（Warta），為作家與雕刻家。年幼時即展現藝術才華，後來移居美國芝加哥，並與Ben Hecht, Carl Sandburg, Clarence Darrow成為芝加哥文藝復興健將。主要作品有*The Works of Szukalski, Projects in Design, Inner Portraits*等，1987年於美國加州去世，本篇選自傑姆・史特等《美國短篇故事》。

啞吧歌手

每年到此時，農人們就開始他們長途的宗教朝聖之旅，前往吉德勒去朝拜該地的教堂，並祈求神的幫助。

他們徒步或以馬車代步，在通往聖城的路途上推擠進行著，因為吉德勒是個因神降奇蹟而名聞波蘭全境的地方。

這種秋涼的日子也給吉德勒帶來許多乞丐。農人的錢大半都在這種宗教節目中施捨出去的。

乞丐中有些是盲眼的，有些則缺腳或斷臂。有些年紀很大了，而卻像在尋找母親的迷途孩童。

他們之中有一個人叫「啞吧歌手」，因為他不會說話，所以大家都這麼稱呼他。以前有一陣子他能用吉他邊彈邊唱，但是後來他的嗓子壞掉了。現在他自彈自唱時，並沒有歌聲從他的喉嚨發出來，只有他的嘴唇在隨音樂而翕動罷了。

啞吧歌手是個高個子，而面貌怪異的人。他的臉孔及雙手如古銅般的深褐色，而鬚髮俱白；看來就似你在《聖經》裡讀過的賢者模樣。

有一天清早，我看到啞吧歌手在河中洗滌，他笑著用手拍拍地上，示意我坐下。然後，他用手指往上直指，告訴我他有個驚奇要我瞧瞧。

突然，他把手放進水裡用兩個手指互相摩擦，而發出一種奇怪的聲音，就像青蛙嘓嘓叫的聲音。他摩擦了好幾次之後，便輕輕拍擊水面，使水面的小漣漪傳送到另一邊去。

突然，我們四周的東西好像都在動。我不相信這會是真的；無數的青蛙朝我們競奔而來，跳著，游著……水裡水面都有。我開始緊張得發抖起來了。

我們的四周擠滿了青蛙，我可以看見露在水面上的頭和眼睛。

啞吧歌手找來了一些蝸牛，把牠們切成碎片後開始餵青蛙。牠們越來越靠近，於是啞吧歌手開始唱了起來；小青蛙，老青蛙……牠們每一隻也都開始唱了。我從來沒有聽過這種歌聲。青蛙連一隻也沒有動，牠們就停在那兒唱著歌。

沒有人在晚間見過啞吧歌手，也沒有人知道他睡在那裡。但白天卻可以在老地方找到他，他就坐在教堂附近彈著吉他，他的嘴唇也跟著音樂無聲的翕動。

大家都很喜歡啞吧歌手——農人們和乞丐也一樣喜歡。人們把小錢幣拋到坐在地上祈求施捨的乞丐杯子裡，但對啞吧歌手他們並不會如此，而是輕輕的把小錢幣擺到他的

杯裡去。他用龜殼來當杯子，他得到的金錢比別人多，但這不會使別的乞丐妒忌。

這天傍晚時刻，乞丐們在教堂前圍在啞吧歌手的四周。他從他舊外套口袋裡掏出一條乾淨的白手巾，把它舖平在地上，就像要進行一項宗教儀式似的。接著他把他所有的錢擺在這條乾淨的白布上面，並且使所有的乞丐都照著這麼做。然後他把錢平均分給每個乞丐，而自己卻不留分文。

他悲傷的看著四周滿身髒病的乞丐們。太陽很快的下山了，農人們已全部離開教堂地區。啞吧歌手低著頭開始禱告；乞丐們也紛紛跪下來與他一起禱告。

然後啞吧歌手開始彈吉他，他的嘴唇也跟著音樂活動，乞丐們都靜靜的坐著傾聽。音樂聲聲打動他們的心靈，而且揭開他們經年累月的受苦受難與失望，然而那也使他們再度感受到人情溫暖。他們有許多人哭了，並且用乾枯蒼老的手拭去他們的淚水。

我聽到一個乞丐說，啞吧歌手不是一個「人」，而是「神」喬裝成乞丐的。「如果真是這樣，」另外一個乞丐回答，「他不會來做乞丐，而是去當牧師了。」

一天，好幾百個剛剛到的農人進了聖城，他們在教堂受到宗教領袖們的歡迎，並且在他們的頭上撒聖水祝福他們。空中到處都是宗教的歌聲與教堂的鐘聲，還有那些乞丐哀求施捨的求助聲。

在農人們自教堂出來時，啞吧歌手開始彈奏起來。農人們都擠到他的周圍，並且把小錢幣放進他的杯子裡。突然，他的手指彈錯了絃，他的兩臂猛然舉起來，而吉他就掉在地上打碎了。一個乞丐在啞吧歌手倒下去時把他扶住，而且把他漂亮的頭部擺到他的膝上。

我們將他抬到我母親的空穀倉裡，然後輕輕地把他放下。我握著他的手，他睡了一會兒，然後睜開眼睛虛弱的笑笑。他真像個迷途的孩子啊！

啞吧歌手指著自己的胸前劃十字。一個乞丐說，「他要我為他做最後的告別儀式，你能拿一片麵包給我嗎？」

「但你並不是牧師啊，」我說。

「這是誰都樂意為他做的事……事情緊迫了。但是我很髒，我的衣服更髒。快點，拿點麵包和一件白色襯衫來給我。」

我跑去拿麵包。我家隔壁是一座猶太教教堂，在昏暗中我看到牧師最好的白襯衫掛在那兒晾著。我取下襯衫趕快跑回垂死的啞吧歌手身旁。

乞丐穿上了白襯衫，並給我一支蠟燭叫我拿著。然後他蹲下身子靠近啞吧歌手說：「聽著，兄弟！如果辦得到的話，請你把眼睛睜開來，看我在你身上劃上十字。這是你的最後聖餐，一個乞丐以黑麵包做的聖餐。」

這個垂死的人模糊的望著乞丐而虛弱的笑著，然後永遠的離開我們了。

那天晚上，我做了許多奇怪的夢。在一個夢裡，我看到有個白色物體向我慢慢移動，它好像是隻青蛙。但是在它很靠近我的時候，竟變成了人形，它是仍然手持著吉他的啞吧歌手。然後有兩位天使自黑暗中飄進我的夢裡，他們跪在啞吧歌手的面前，吻著他的手，而他在輕撫他們的頭。這情景很像我常在古代的宗教圖畫中見到的。

我沒有睡好，覺得有件沉重的東西壓疼了我。我醒了過來，發現我把龜殼緊緊的抱在胸前，那是啞吧歌手用來做乞丐錢杯的龜殼。他臨終前把它送給了我。（李淑貞譯）

——選自《美國短篇故事》

賞析

啞吧歌手是生活的乞丐，音樂的富翁，宗教的賢者。

雖然他只能唱「無聲之歌」，他卻能和青蛙共鳴，唱出天籟之音。雖然他行乞的錢最多，但他卻完全分給其他乞丐，毫不吝惜；甚而傍晚禱告，他能用吉他樂音，安慰「同是天涯淪落人」的同行乞丐，滋潤他們苦難的心靈。這樣的角色，雖是身分卑微，卻大德不虧；能「一無所有」，更能「一無所求」、「一無所懼」，讓陽光移到陽光照不到的角隅，照顧被忽略的「弱勢族群」。最後，啞吧歌手含笑撒手西歸，由一個乞丐主持，跨越由牧師主持的固定模式。

結尾，透過變形夢境，隱隱約約兜出啞吧歌手的高貴形象；並藉由龜殼（啞吧歌手行乞的錢杯）壓軸，點出啞巴歌手的廓然胸懷，坦然施捨，前後一致。而這樣的極短篇，完全以「小說人物」的特殊見長。原來卑微的工作，仍可以映現崇高的靈魂，成就一則「意外」的民間傳奇。

推薦書目

一、論述

丁樹南編譯　小小說的寫作與欣賞　台北：純文學　一九六七
劉海濤　微型小說的理論與技巧　北京：中國人民大學　一九九〇
于尚富、許廷鈞　小小說縱橫談　北京：文化藝術　一九九一
瘂弦等　極短篇美學　台北：爾雅　一九九二
劉海濤　規律與技法　新加坡：新加坡作家協會　一九九三
江曾培　微型小說面面觀　南昌：百花洲文藝　一九九四
劉海濤　現代人的小說世界——微型小說寫作藝術　上海：上海文藝　一九九四
劉海濤　主體研究與文體批評　烏魯木齊：新疆大學　一九九四
邢　可　怎樣寫小小說　北京：中國華僑　一九九六
劉海濤　敘述策略論　新加坡：新加坡作家協會　一九九六

王潤華、黃孟文編　世界華文微型小說論　新加坡：國立大學　一九九六
吳秀鳳　中文報紙倡導文類之研究：以聯合報副刊「極短篇」為例　輔仁大學大傳所碩士論文　一九九六
王保民主編　小小說百家創作談　開封：河南文藝　一九九七
凌鼎年　小小說雜談　濟南：黃河　一九九八
顏藹珠．張春榮編著　英美文學名著選讀　台北：文鶴　一九九八
張春榮　極短篇的理論與創作　台北：爾雅　一九九九
姚朝文　華文微篇小說學原理與創作　北京：中國文聯　二〇〇一
顏藹珠．張春榮編著　英美文學名著賞析　台北：文鶴　二〇〇一
凌性傑　台灣地區極短篇研究　中正大學中研所碩士論文　二〇〇二
林心暉　小小說教學研究　高雄師範大學國文教學碩士論文　二〇〇二

二、專集

李捷金　窄巷　台北：聯經　一九七九
渡　也　永遠的蝴蝶　台北：聯經　一九八〇
愛　亞　愛亞極短篇　台北：爾雅　一九八七

雷　驤　雷驤極短篇——異質風景　台北：爾雅　一九八七
鍾　玲　鍾玲極短篇　台北：爾雅　一九八七
黃秋芳　金針菜——黃秋芳極短篇　台北：希代　一九八八
喻麗清　喻麗清極短篇　台北：爾雅　一九八八
袁瓊瓊　袁瓊瓊極短篇　台北：爾雅　一九八八
陳克華　陳克華極短篇　台北：爾雅　一九八九
邵　僩　邵僩極短篇　台北：爾雅　一九八九
楊　明　在陽光下道別　台北：希代　一九八九
張春榮　狂鞋　台北：聯經　一九九〇
陳幸蕙　陳幸蕙極短篇　台北：爾雅　一九九〇
隱　地　隱地極短篇　台北：爾雅　一九九〇
衣若芬　衣若芬極短篇　台北：爾雅　一九九一
張啟疆　如花初綻的容顏　台北：聯合文學　一九九一
楊　照　紅顏　台北：聯合文學　一九九二
鄒敦怜　鄒敦怜極短篇　台北：爾雅　一九九二
鄧榮坤　來，我教你跳舞　台中：晨星　一九九二

苦　苓　苦苓極短篇　台北：皇冠　一九九三
思　理　思理極短篇　台北：爾雅　一九九三
張啟疆　小說、小說家和他的太太　台北：聯合文學　一九九三
吳淡如　吳淡如極短篇㈠——不是真心又何妨　台北：皇冠　一九九四
張德寧　張德寧極短篇　台北：爾雅　一九九四
張至璋　張至璋極短篇　台北：爾雅　一九九四
亮　軒　情人的花束　台北：時報　一九九四
苦　苓　苦苓極短篇㈡——請勿變心　台北：皇冠　一九九四
苦　苓　苦苓極短篇㈢——悔不當真　台北：皇冠　一九九五
吳淡如　吳淡如極短篇㈡——愛過不必傷心　台北：皇冠　一九九五
楊　明　關於愛情的38種遊戲　台北：皇冠　一九九六
愛　亞　愛亞極短篇（第二集）　台北：爾雅　一九九七
苦　苓　苦苓極短篇㈣——愛此為止　台北：皇冠　一九九七
陳克華　愛上一朵薔薇男人　台北：元尊文化　一九九八
亮　軒　亮軒極短篇　台北：爾雅　一九九八
平　路　紅塵五注　台北：聯合文學　一九九八

袁瓊瓊　恐怖時代　台北：時報　一九九八
王鼎鈞　靈感　台北：爾雅　一九九八
王鼎鈞　千手捕蝶　台北：爾雅　一九九九

三、合集

陸正鋒等　極短篇(一)　台北：聯經　一九七九
蔡羅東等　極短篇(二)　台北：聯經　一九八二
宋仰原等　極短篇(三)　台北：聯經　一九八三
曹又方編　名家極短篇1、2、3　台北：方智　一九八九
焦　桐編　愛的小故事1、2、3、4　台北：時報　一九八九～一九九一
樂牛主編　中國古代微型小說鑒賞辭典　北京：中國婦女　一九九一
希代編輯群策劃　當代極短篇十傑　台北：希代　一九九一
隱　地編　爾雅極短篇　台北：爾雅　一九九一
周　粲編　微型小說萬花筒　新加坡：新加坡作家協會　一九九四
秀實、東瑞編　香港作家小小說選　香港：獲益　一九九五
聯副編輯部編　極短篇(九)　台北：聯經　一九九五

聯副編輯部編　極短篇㈩　台北：聯經　一九九五
陳義芝編　新極短篇——全民寫作1　台北：聯經　一九九五
黃秀慧編　新極短篇——全民寫作2　台北：聯經　一九九六
陳義芝編　最短篇　台北：寶瓶　二〇〇三
微型小說選刊社編　中國當代微型小說精華　北京：人民　二〇〇三

四、翻譯

張伯權譯　卡夫卡格言與寓言　新竹：楓城　一九七五
喬遷、張好譯　川端康成袖珍小說選　台北：幼獅　一九七七
柏　谷譯　極短篇㈤——川端康成卷　台北：聯經　一九八二
賴明珠譯　夢中見——日本極短篇　台北：圓神　一九八二
鍾　斯譯　十日談（薄伽丘著）　台北：遠景　一九八二
莫　渝譯　拉封登寓言　台北：志文　一九八三
康國維譯　契訶夫短篇小說選　台北：志文　一九八五
齊德芳主編　愛的人生——德國小小說選粹　台北：宇宙光　一九八五
李永熾譯　等待的女人（吉行淳之介著）　台北：圓神　一九八六

李永熾譯　日本掌中小說　台北：圓神　一九八六
梁惠珠譯　川端康成掌中小說　台北：星光　一九八七
楊月蓀譯　瞬間集——世界極短篇　台北：圓神　一九八八
阮仁華譯　剎那集——美國極短篇　台北：圓神　一九八八
鍾肇政譯　迷你偵探傑作精選㈠　台北：志文　一九八九
鍾肇政譯　迷你偵探傑作精選㈡　台北：志文　一九八九
鍾玉澄譯　歐亨利極短篇傑作選　台北：志文　一九九〇
柏　谷譯　感情裝飾——川端康成掌之小說精選　台北：大安　一九九〇
陳蒼多譯　塞伯寓言　台北：漢藝色研　一九九一
柏　谷譯　三美神——日本極短篇小說選　台北：爾雅　一九九二
柯素娥譯　恐怖極短篇（阿刀田高著）　台北：大展　一九九二
鄭樹森編譯　當代世界極短篇　台北：爾雅　一九九三
林敏生譯　日本推理小說極短篇精選（土屋隆夫著）　台北：林白　一九九三
雲清選編　世界微型小說經典・美洲卷　南昌：百花洲文藝　二〇〇一
李靈芝譯　精選世界最短篇　台北：麥田　二〇〇一
嚴　韻譯　我們愛死了的故事：精選世界最短篇2　台北：麥田　二〇〇一

語文學程叢書 YW002

名家極短篇悅讀與引導

作　　者　張春榮、顏藹珠
責任編輯　吳家嘉

發 行 人　陳滿銘
總 經 理　梁錦興
總 編 輯　陳滿銘
副總編輯　張晏瑞
編 輯 所　萬卷樓圖書股份有限公司
排　　版　浩瀚電腦排版股份有限公司
印　　刷　百通科技股份有限公司
封面設計　小雨

發　　行　萬卷樓圖書股份有限公司
　臺北市羅斯福路二段 41 號 6 樓之 3
　電話 (02)23216565
　傳真 (02)23218698
　電郵 SERVICE@WANJUAN.COM.TW
大陸經銷　廈門外圖臺灣書店有限公司
　電郵 JKB188@188.COM

ISBN 957-739-483-3

2014 年 3 月初版五刷

2004 年 7 月初版

定價：新臺幣 300 元

如何購買本書：

1. 劃撥購書，請透過以下郵政劃撥帳號：
　帳號：15624015
　戶名：萬卷樓圖書股份有限公司
2. 轉帳購書，請透過以下帳戶
　合作金庫銀行 古亭分行
　戶名：萬卷樓圖書股份有限公司
　帳號：0877717092596
3. 網路購書，請透過萬卷樓網站
　網址 WWW.WANJUAN.COM.TW

大量購書，請直接聯繫我們，將有專人為您服務。客服：(02)23216565 分機 10

國家圖書館出版品預行編目資料

名家極短篇悅讀與引導 / 張春榮、顏藹珠主編. -- 初版. -- 臺北市 : 萬卷樓，2004 [民 93]
　面 ;　公分

ISBN 957-739-483-3(平裝)

857.61　　93004956